元勇者は静かに暮らしたい
3
[著] こうじ
[画] 鍋島テツヒロ

リリア・シュヴィア
シュヴィア国の王女。ノエルのサポート役としてハノイ村に派遣されてくるが、別名『破滅のリリア』と呼ばれており恐れられている。
マリーナ
元は侯爵家だったが罠にはまり没落し奴隷堕ちとなった。元同級生だったメランに救われメイドとなる。

クワイア・カマスロ
シュヴィア城の元宮廷料理人。人間関係やら色んなことでスランプに陥ってしまったが、シュバルツの推薦でハノイ村にやってきた。
ユウスケ・アナン
冒険者時代のノエルの仲間。東の果てにあるワ国出身で国を守る四つの家の一つであるアナン家に生まれた。現在はシュヴィアで喫茶店を経営している。
ノエル・ビーガー
ハノイ村で村長兼領主を拝命した【元勇者】。名補佐官であるリリアと共に、みんなで仲良く暮らせる村づくりを目指す。

# CONTENTS


第145話 元勇者、王妃の評判を聞く 006
第146話 元勇者、王妃の訪問を受ける 009
第147話 元勇者、王妃から提案を受ける 011
第148話 元勇者、補佐官の人柄を聞く 013
第149話 元勇者、補佐官を歓迎する 015
第150話 元勇者、補佐官の弱点を知る 019
第151話 元勇者、補佐官の事情を知る 022
第152話 元勇者、シュヴィア王族の恋愛運のなさに同情する 024
第153話 元勇者、食材探しに行く 028
第154話 元勇者、昔話をする 032
第155話 元勇者、毒の霧を越える 035
第156話 元勇者、ひと時の休息を楽しむ 039
第157話 元勇者、クワイアの傷を知る 042
第158話 元勇者、ヤマブキソウを見つける 045
第159話 元勇者、国の変革を思う 048
第160話 元勇者、メドウィン領を再来する 051
第161話 元勇者、同盟を結ぶ 053
第162話 元勇者、没落令嬢に会う 055
第163話 元勇者、企てる 061
第164話 クズ貴族の末路 064
第165話 元勇者、事後報告する 068
第166話 元勇者、リリアのプレッシャーを思いやる 072
第167話 元勇者、リリアに提案する 075
第168話 元勇者、貴族の裏を知る 077
第169話 リリア、外堀が埋められる 079
第170話 お茶会の準備は情報収集から 082
第171話 元勇者、世界情勢を知る 085
第172話 元勇者、ケンビアとコバルトの因縁を知る 088
第173話 リリア、吹っ切れる 092
第174話 お茶会、開催 096
第175話 コミュニケーションは先手必勝 098
第176話 リリア、料理の腕を見せつける 102
第177話 元勇者、王女たちのお菓子作りを見守る 106
第178話 王族との婚約は大変らしい 109
第179話 聖王、王女たちに真実を伝える 112
第180話 聖王、王女たちに真実を伝える2 116
第181話 美味いか不味いかは問題ではない 118
第182話 お茶会の後日談 121
第183話 元勇者、王妃と話す 124
第184話 元勇者、カインの近況を知る 127
第185話 元勇者、レバニアの元姫と会う 129
第186話 元王族の長女、久々に家族と再会する 133
第187話 リンダが嫁いだ理由 136
第188話 紆余曲折があったみたいで 139
第189話 元勇者、ルーシェに会わせる 141
第190話 元勇者、行き倒れを助ける 144
第191話 元勇者、元王子の話を聞く 147
第192話 元王子、衝撃告白する 150
第193話 元勇者、シュヴィア王家の家族会議に立ち会う 152
第194話 シュバルツ、外堀が埋められていく 154
第195話 アンジェが村にやってきた 157
幕間23 サラ 159
第196話 元勇者の恋愛観 163
第197話 元勇者、考える 165
第198話 元勇者、魔王に頼まれる 167
第199話 元勇者、受け入れ態勢を整える 169
幕間24 アリスの想い 171
第200話 元勇者、移住者たちを受け入れる 174
第201話 元勇者、悩む 177
第202話 元勇者、ミラージュに頼む 179
第203話 元勇者、ミラージュの話を聞く 182
第204話 元勇者、不都合な真実を知る 184
第205話 元勇者、聖国の成り立ちを知る 186
第206話 元勇者、アイナの弟に会う 188
第207話 元勇者、頼む 191
幕間25 アクア 193
第208話 元勇者、魔王の評判を聞く 197
第209話 元勇者、アリスに懇願される 199
第210話 元勇者、魔属領に行く 201
第211話 元勇者、アリスの家へ行く 204
第212話 サラ、元部下と再会する 206
第213話 元勇者、奈落の谷へ向かう 209
第214話 元勇者、奈落の谷の底へ向かう 212
第215話 元勇者、謎の錬金術師に会う 214
第216話 元勇者、奈落の谷のシステムを知る 217
第217話 元勇者、サザラスの正体を知る 220
第218話 元勇者、サザラスが魔王になった経緯を知る 222
第219話 元勇者、前魔王の処遇を知る 224
第220話 元勇者、自分のルーツに興味を持つ 226
第221話 元勇者、ルーツを調べる 228
第222話 元勇者、両親の素顔を知る 230
第223話 元勇者、祖父のことを調べる 232
幕間26 大陸会議 234
第224話 元勇者とガーザス、昔を思い出す 237
第225話 元勇者、ねぎらう 239
第226話 元勇者、前魔王の近況を知る 242
第227話 元勇者、他国の現状を知る 244
幕間27 サーニャ 246
第228話 元勇者、領主の仕事をする 248
第229話 元勇者、マルグスの第一王子に会う 250
第230話 元勇者、旧友と再会する 252
第231話 元勇者、ユウスケを迎える 256
第232話 元勇者、ユウスケの家の事情を聞く 258
第233話 元勇者、昔の話に花を咲かす 261
幕間28 ノエルが勇者になる前 263
幕間29 ノエルが勇者になる前2 266
幕間30 ノエルが勇者になる前3 269
幕間31 ノエルが勇者になる前4 271
幕間32 ノエルが勇者になる前5 273
幕間33 ノエルが勇者になった後 275
幕間34 ノエルが勇者になった後2 277
幕間35 ノエルが勇者になった後3 279
幕間36 ノエルが勇者になった後4 282
幕間37 ノエルが勇者になった後5 284
幕間38 ノエルが勇者になった後6 286
幕間39 ノエルが勇者になった後7 288
幕間40 ノエルが勇者になった後8 291
第234話 元勇者、ユウスケを羨ましがる 293
第235話 元勇者、相談を受ける 295
第236話 元勇者、原因を探る 298
第237話 元勇者、神界を行く 301
第238話 元勇者、神界を行く2 303


EX-BRAVE WANTS A QUIET LIFE

ダッシュエックス文庫

元勇者は静かに暮らしたい３

こうじ

# 第145話　元勇者、王妃の評判を聞く

「ほう、領地が広がったのですか？」

「あぁ、だからミレットに凄《すご》く感謝しているよ」

ガッシュ将軍がやって来たのでお茶を飲みながら話している。

「ミレット様は優秀なお方だ。生まれてくる順番が違っていたらレバニアも変わっていたことでしょう……」

やはりガッシュ将軍もそう思っているのか。

「俺もそう思うよ、ところで話は変わるがガッシュ将軍はクラリス王妃を知っているか？」

「クラリスといいますと……、シュヴィアの王妃様のことですか。勿論《もちろん》知っております」

やっぱり有名なんだなぁ……。

「彼女は凄くわかりやすい性格をしております。味方とみなせば自分を犠牲《ぎせい》にしてでも守り抜き、敵とみなせば容赦《ようしゃ》なく叩き潰す、そういう人物です。儂《わし》も何度か彼女には痛い目にあっておりますす」

「お父様がですか？」

サーニャが驚いた声をあげた。

「彼女と儂とは実力伯仲《はくちゅう》、年下ながらも良い好敵手《ライバル》です。王妃になってもその手腕は変わっていないようですな」

将軍にそこまで言わせるとは……、いや実際にそこまでの実力は持っていることは知っているけれども。

「シュヴィア国が今のようになったのは彼女の影響力が大きかった、ともいわれております。レバニアの前国王も恐れておりました。たとえ自国の者であろうとも国に損害を与える者なれば容赦なく切り捨てましたから。彼女が王妃となって最初にやったことは貴族の間引《まび》きでしたから」

「間引き？」

「はい、彼女はまず自国の貴族の身元調査を行い、不正が発覚した貴族を容赦なく処分した、と聞きます。なんでも古くからある名門にも容赦なかった、と聞きました」

それはまた強烈だな……。

「その話、当時の側近から聞いたことがあります。側近がもう少し穏やかにやった方が、と意見したことがあったそうですが、母上は『私は憎まれるのを承知でやっているんです。覚悟なくして国を変えることが出来ますか？』と言われ、何も言えなかったそうです」

そう言ってシュバルツが苦笑いした。

「彼女らしい話ですな」

「その影響を受けているのが妹なのです。妹も母上同様、騎士団に所属しているんですが、内部から『母上の再来』と言われているぐらいの実力の持ち主なんです」

「……シュヴィアの女性陣は強烈な性格の持ち主ばっかりなのか？」

「そうではない、と思いたいです……」

シュバルツは溜息を吐いた。

## 第146話 元勇者、王妃の訪問を受ける

ガッシュ将軍やシュバルツの証言により、王妃様の人となりは理解できた。

まぁ、そんなに顔を合わす機会もないだろう、と思っていた俺が馬鹿だった……。


ある日いきなり王妃様がやって来た。

「此処《ここ》がハノイ村ね、なかなかいい所じゃない♪」

城と違って騎士姿で。

早朝にいきなり訪ねてきて、シュバルツの家へ案内されたのだが、全《まった》く音を出さず潜入して、寝ているシュバルツの首筋に剣をあてていた。

それを察したのか、すぐにシュバルツは飛び起きた。

「母上っ！　来るなら来るって言って下さいっ！　あと、殺気で目覚めさせないで下さいよっ!!　永久に目が覚めなかったらどうするつもりなんですかっ!?」

シュバルツが涙目で抗議する。

「あんまりぐっすりと良く寝てるから、ちょっとした悪戯心《いたずらごころ》よ」

悪戯心で殺気出されたらたまったもんじゃないよなぁ……。

「心臓に悪いですから本当に止めてくださいよ……、何度やられてもなれないですよ」

何度もやっているんかいっ⁉

どんな家族関係なんだよ、シュヴィア家って。

「それで……、なんでこんな早くから来られたんですか？」

「この時間しか空いてないのよ。日中は城の雑務、夜は他国からの来賓《らいひん》を出迎えてのパーティー、と忙しいのよ。それでも優秀な王子がいるから前よりは楽にはなったけど」

そう言ってシュバルツを見る王妃様は息子の成長を嬉しそうにしていた。

「あとは、武勲よね。私みたいにドラゴンを一発で倒せるぐらいの実力は持ってもらわないと」

「いや、普通に無理ですって⁉　母上みたいにドラゴンと死闘をするなんてっ⁉　無理やり連れていかれて見させられる身になってくださいよっ‼」

「あの時はテンションが上がったわ」

「今でもトラウマですよ。母上がひたすらに笑いながらドラゴンを斬《き》りつけている姿は……」

……根っからの戦闘好きなんだな。

# 第147話　元勇者、王妃から提案を受ける

「それで……、今日はなんの用で？」

「純粋に領内視察よ、抜き打ちでたまに回っているのよ」

「母上は昔からそうですよね。叩き起こして『今から視察に行くわよ』って言って、ある領につれていって領主の不正の現場を押さえて、そのまま大暴れしたこともありますよ……」

なんとも迷惑な目覚まし時計だなぁ、それ。

しかも、多分情報を握っていて確信的にやったんだろう。

「何事もルールにのっとってやっていると相手に逃げ口や言い訳を考える時間を与えてしまうから、たまにはレールから外れることも重要よ。シュバルツは生真面目《きまじめ》だから」

「そのせいで軍や捜査官から文句を言われるのは僕なんですよ。フォローする身にもなってください」

散々振り回されてきたみたいだなぁ、シュバルツ。

ただ、俺としてはこうして本音で言い合える親子関係というのは羨《うらや》ましい。

俺なんか両親とも亡くなっているからなぁ……。

「で、話は変わるんだけど真面目な話、実はノエルに補佐官をつけよう、と思っているの」

「補佐官？」

「領地が広くなったことで、様々なトラブルがこれから起こると思うわ。そこでサポート役が必要になってくるわ」

なるほど、それは確かに一理ある。

「もしかしてシュバルツが担当するのか？」

「それも考えたんだけどシュバルツにはまた別なことを頼むから。娘を補佐官に任命するわ」

「えっ……、娘ってリリアが来るんですか？」

シュバルツが冷や汗をかいている。

「えーと、つまりシュバルツの妹が補佐官として来るのか？」

「ええ、あの子は将来は国の重要ポストに就《つ》く予定だから、その修行としてでもあるのよ」

まぁ、そりゃそうだが……。

シュバルツの冷や汗が止まらないのは何故だ？

# 第148話　元勇者、補佐官の人柄を聞く

「嵐が吹き荒れたようだったな……」

クラリス王妃が帰った後は、どっと疲れたような感じがした。

心地よい疲れという感じではなく、嫌な疲れだった。

「俺、何か厄介事《やっかいごと》を押し付けられたような感じがするけど気のせいか？」

「決して、気のせいじゃないですよ……」

そこは否定してくれよ、シュバルツ。

「ていうか、リリアってどんな奴なんだ？　王妃様と同様、騎士団に所属しているんだろ？」

とりあえず王妃様の影響がすごいというぐらいはわかっているが。

「リリアは別名『破滅のリリア』と呼ばれているんです……」

「なんだその物騒な二つ名は？　魔王軍にもいないぞ。そんな二つ名を持っている奴は」

「騎士としての実力は確かです。一部隊の隊長をやっているんですが……、『破滅』というのはリリアに悪い意味で関わった人物が必ず不幸になり、その身だけでなく一族共に破滅する、



EX-BRAVE WANTS A QUIET LIFE

ということに由来するんです」

……どういう意味だ？

「報復が待っている、ということか？」

「サラさん、その通りです。ですが、リリアは直接、手を出すことはしていないんですが、……たまにありますけど」

「たまにあるんかいっ⁉」

「それはそれとして、リリアは『召喚士』としての能力もあって、強力な精霊と契約を交わしているんです。その精霊達がリリアを溺愛《できあい》していて……、リリアを泣かした人物に……」

「あぁ、そういうことか」

漸《ようや》く理解が出来た。

要は本人よりも周りに気をつけろ、ということか。

# 第149話　元勇者、補佐官を歓迎する

そして数日後、シュヴィア国の紋章がついた馬車が到着した。

「お兄様っ！　リリア・シュヴィア、到着いたしましたっ！」

活発そうな短い赤い髪の少女、それがリリアの最初の印象だ。

「よく来たね。こちらが補佐をしてもらうこの村の村長兼領主のノエル殿だ」

「ノエル・ビーガーだ、よろしく頼む」

「リリアと申します。兄がお世話になっております。これからよろしくお願いいたします！」

そう言ってリリアはビシッと敬礼をした。

流石《さすが》は王族らしく礼儀《れいぎ》はちゃんとしているみたいだ。

「まずは住まいの件だが……」

「それでしたら大丈夫です。兄と一緒に住みます」

その発言を聞いた瞬間、シュバルツが固まった。

「いやっ!?　流石にそれはまずいだろっ!?　お互い成人した身だぞっ!?」

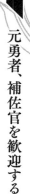

「何を焦っているんですか？　別々の部屋に住めばいいじゃないですか？」

キョトンとしているリリア。

あぁ～、この村の住宅環境を知らないんだな。

「リリア、シュバルツが住んでいるのは一般住居なんだ。お城や屋敷とは違うんだよ」

「えっ、そうなんですか？　でも、お屋敷があるじゃないですか？」

「その屋敷は前の村長が住んでいたんだが、今は別の住人が住んでいる。あと、客人が来た時に泊まれるように宿泊施設にしてある。だから、リリアにも一人暮らしをしてもらおうと思っている」

「ひ、一人暮らし？　あの、ということは食事は？」

「もうすぐ食堂がオープンするけど基本は自炊《じすい》だ。勿論《もちろん》家事も自分でやってもらう」

「そ、そうですか……」

俺の発言を聞いた瞬間、リリアは固まった。

そんな難しいことを言ったわけじゃないんだけどな。

その理由を後でシュバルツが教えてくれた。

どうやら、リリアは家事をメイドや部下がやっていたため、家事をやったことがないらしい。

よくよく考えてみれば王女様なんだから当たり前なんだが。

「リリアは所謂《いわゆる》庶民《しょみん》の生活に疎《うと》いんですよ。多分、泣きついてくるでしょうね」

# 18

# 暫《しばら》くは家事のサポートも必要か？

# 第150話　元勇者、補佐官の弱点を知る

リリアはシュバルツの隣の家に住むことになった。

二日目は皆で歓迎会を開いた。

リリアは戸惑いながらも楽しんでくれたみたいだ。

翌日から我が家に来て補佐官としての仕事を始めてくれたのだが……。

「えぇっ!?　今までノエル様一人でやっていたんですかっ!?」

「一人というか、ミレットやシュバルツが色々教えてくれてはいたが正式に雇ったことはないな。それに城と違って村の仕事はそんなにないんだよ。まぁ、修理してくれとか、建物を作りたいから許可してくれとか、そんなもんだよ。まぁ、これからは多分仕事が増えるだろうけど」

「増えるどころじゃないですよっ!!　新たな領地の管理や開拓もしなければいけなくなるんですからっ!!」

うん、わかっていた。



EX-BRAVE WANTS A QUIET LIFE

「まずは役場を作りましょう！　新たな領地には支部を作って代表を決めましょう！」

「あぁ、代表ならもう決まっている」

「だったら、定期的に会議をやらないとダメです。情勢は日々変わっていくものなんですから」

と、まぁこんな感じで補佐官として、政治素人《しろうと》の俺をテキパキとサポートしてくれるからありがたい。

しかし、一週間後に綻《ほころ》びが見え始めた。

「おはようございます……」

「どうした？　元気がなさそうだが」

「実は二日間ぐらい食事をしてないんです」

「えっ⁉　どうしてだっ⁉」

「えっと……、それが……、自炊に挑戦しようと思ったんですが……、火加減がわからなくて……」

「……真っ黒焦げにしてしまった、と？」

「……それでキッチンに立つのが怖くなってしまって」

「そういうことだったら俺に言ってくれれば、ある程度は教えてあげるのに」

「そ、それは……」

「王族でもなんでも、わからないことがあったら聞くのは、恥《はじ》でもなんでもないぞ？　知ったかぶりしている方が後で大恥をかくことになる」

「そうですね……、これからはそうします」

「でも、いくら王族だからって、簡単な調理はできるだろ？　それに学校で勉強しなかったのか？」

「城にはメイドや執事がいましたから、やったことはないです。学校でも確かに授業はありましたが、私は包丁すら持たせてくれませんでした……」

……周りが過剰《かじょう》に気を遣ったのか。

こりゃあこれから大変だな。

# 第151話　元勇者、補佐官の事情を知る

リリアが着任してから数日が経過した。

「おはよう、リリア」

「あっ！　ノエルさん、おはようございます！」

リリアは窓を開けて部屋の掃除《そうじ》をしていた。

「大分、ほこりが溜まっているんじゃないか？」

「こっちに来てから全然部屋の掃除をしてなくて……」

「精霊使いなんだから精霊を使えばいいんじゃないか？」

「そうしたいのは山々なんですけど……、精霊達が拒否するんです」

しょんぼりするリリア。

「あれ？　基本的に精霊は主人に仕えるんじゃないのか？」

「私が使役《しえき》している精霊はお母様から頂いたもので……、言ってみれば私の家庭教師みたいなものです。今回はその精霊の指示で『自分のことは自分でやれ』と」

「王妃も精霊が使えるのか？」

「そうなんですよ、お母様は精霊と戦って契約をしたそうです」

「何その体育会系の契約方法って」

そんな話をしていたところ、キャミーがやって来た。

「あ、おはようございます」

「キャミー様、おはようございます」

リリアがまず仲良くなったのは同じ精霊使いの力を持っているキャミーである。

お互い、名前だけは知っていたみたいで会いたがっていたらしくて、すぐに打ち解けた。

「リリアもすぐに打ち解けてくれて良かったよ」

「シュバルツ、おはよう。キャミーがいてくれたのは良かったよ」

「お互い、環境も似ていますからね。リリアは特にここ最近、荒れていましたからね」

「荒れていた？　なんで？」

「実は……、（小声で）婚約者がいたんですが最近解消になって……」

……あぁ～、そういうこと？

「それは荒れて荒れて……、母上が一時的に精霊を離させましたから。精霊を使役するには心と体のバランスが大事ですから」

そりゃあそうだよな。

# 第152話 元勇者、シュヴィア王族の恋愛運のなさに同情する

「まさか、身内でする側、される側が出るとは思いませんでしたよ……。うちの家系は恋愛に関して運がないみたいです……」

そう言って乾いた笑いをするシュバルツ。

「でも、リリアには罪がないだろ？　家事とかは出来ないにしても」

「流石《さすが》に詳しい話は本人の前では……。ちょっと、ウチで話せませんか？」

「そうだな、リリアちょっと外に行ってくる」

「わかりました」

そう言ってシュバルツの家に移動した。

「シュバルツもだいぶ一人暮らしが板についてきたな」

「最初は戸惑いもありましたが意外と慣れてくると楽しいですね」

「それで、リリアの婚約破棄《はき》って……」

「あぁ……、リリアには幼い時から隣国の王子が婚約者としていたんですよ」

「国内じゃなくて国外か。所謂《いわゆる》『政略結婚』っていうやつだな」

「えぇ、向こう側からシュヴィアとの繋《つな》がりをつけたい、と。でも、政略結婚といってもリリアと婚約者の仲は良好だったんですよ。文通したり時間が空いている時はデートをしたりと良好な関係を築いている、とこちらは思っていました……」

「思っていた、ということは向こうはそうじゃなかったのか？」

「その王太子が学園に入ってから親しくしている男爵令嬢がいる、という噂《うわさ》がこちらに入ってきたんです。その令嬢は元々は平民だったんですが、魔力持ちだった為に男爵家が幼女として引き取ったんだそうです。まぁ多分物珍しさもあったんでしょうが、どっぷりとはまっていったみたいなんです」

「リリアは知っていたのか？」

「リリアも貴族学園に通いつつ公務だったり花嫁教育だったり、と忙しくて連絡を取ることを忘れていたみたいなんです。手紙のやり取りはしていたらしいですが、返事は来ていたみたいなので不審には思っていなかったようなんです。ただその手紙には男爵令嬢のことも書いていたみたいで『あぁ、こういう子がいるんだ』ぐらいの認識しか持っていなかったそうです。今思えば我々が早めにリリアに情報をあげていればよかったんですが……」

　当時を思い出したみたいでシュバルツは苦い顔をしている。

「それで？」

「……隣国の建国記念パーティーの席で、リリアとの婚約を破棄してその男爵令嬢と婚約すると宣言したんです」

「……一方的にか?」

「一方的にです、なんの前触れもなく」

なんで、公式の場で宣言するのかねぇ……。

「その現場に私もいたんですが……、頭を抱えましたよ。兄上の騒動が収まってないうちにこの件でしたからね。胃が明らかにズキッとしましたよ。更に隣のリリアからの怒りのオーラが凄《すさ》まじくて……」

「で、リリアはどうしたんだ?」

「『わかりました、婚約は解消いたします。その代わり、今後我が国と友好的な関係は望めないとの覚悟はおありですよね? それでしたら、今まで援助してきたお金の返済と、貸していた精霊の加護の返却をさせて頂きますので』と。その場でその国の加護が消えました」

「その王子、自分の立場わかっていたのか?」

「わかってなかったから、できるんですよ。『大国に対して抵抗できる俺カッコいい!!』って思っていたみたいですよ。当然ですが向こうの国王におもいっきり罵倒《ばとう》されて勘当《かんどう》されたそうです」

当然だよなぁ……。

「それで今もそのトラブルの関係で話し合いが続いているんですよ。リリアも初めての失恋がショックだったみたいで『恋なんてうんざりっ!!　私は仕事に生きていきますっ!!』って……」

そう言ってため息を吐くシュバルツ。

……うん、なんにも言葉が出てこない。

# 第153話 元勇者、食材探しに行く

リリアの過去の話を聞いてから数日が経過、まぁ過去を聞いたからって別に態度が変わるわけじゃない。

……俺も似たようなもんだし、人には何処《どこ》か必ず『傷』があるわけだから、無理に触れても広がるだけだからしょうがない。

それに、国同士の話に首をつっこむ必要もない。

頼られたら、助言くらいはするけど。


さて、リリアが来たことで現在ハノイ村は建設ラッシュだ。

冒険者が増えたことで宿屋、食堂、道具屋、武器屋等が必要になってきた。

古くなった建物は壊され新たな建物が建てられる。

村は確実に姿を変えていった。

勿論《もちろん》、ただ変わっていくわけでなく使えるものは残していく。

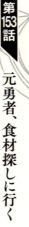

全てを変えるのは流石《さすが》に味気ない、ていうか俺が嫌だ。

そこはリリアと相談して何を残すかを決めていった。

そんなわけで食堂がオープンした。

勿論、店主は元王宮料理人のクワイアだ。

店舗《てんぽ》の前でジーンと感激しているクワイア。

「自分の店が持てるなんて夢みたいです……」

「おめでとう。でも、一人でこれから大変だろ？　できる限りはサポートするからなんでも言ってくれ。ギルドに依頼してくれれば食材とかゲットしてやるから」

「ありがとうございます。それじゃあ早速ですが実は依頼をしたいと思っているんですが」

「おう、どんな依頼だ？」

「実は、この辺の環境を調査してわかったんですが、『ある食材』が存在している可能性が高いことがわかったんです」

ある食材？

「それは『ヤマブキソウ』という自然豊かな所でないと育たない『幻の山菜』なんです。そのまま食べても美味《おい》しいし揚《あ》げたり茹《ゆ》でたりすると、また違う食感が味わえるという代物《しろもの》なんです」

そんなものがあるとは知らなかったな。

Menu

「確かにありそうだよな」

「それでめぼしい所が奥深い場所にあるんです。流石に私一人では行けないので……」

確かに冒険者ではないクワイアじゃ無理だな。

ということで食材探しをすることになった。

「……というわけなんだけど参加する奴、いる？」

ギルドに行き、俺はクワイアから来た依頼書を見せながら訊ねた。

勢い良く手を挙げたのはリリアだった。

「是非《ぜひ》、参加したいです！　このあたりの地理がまだわからないので」

次に手を挙げたのはアイナだ。

「私も参加するわ、ヤマブキソウって薬の材料にもなるのよね」

こうして俺、リリア、アイナ、案内人としてクワイアが参加することになった。

# 第154話　元勇者、昔話をする

早速、俺達は村近くの森へとやって来た。

「クワイア、場所はわかるか？」

「ええ、地図に印をしてきたので大丈夫です」

「それじゃ安心ですね」

「そういえば、アイナとパーティー組むのは魔王討伐《とうばつ》の旅以来だよな？」

「そうだったわね……。あの頃は全然余裕がなくて、自分の殻《から》に閉じこもっていたし、仲間意識もそんなになかったわね」

そうだったな、あの頃は壁を作っていたよな。

アイナともまともに喋《しゃべ》ったことなかったな。

こうして喋るようになったのもこの村に来てからだし。

「勇者パーティーってもっと絆《きずな》が深いものだと思っていましたけど、違っていたんですね……」

「俺もそう思っていたんだけどなぁ……」

女神様に言われた時はショックだったな。

「夜もみんなで食事をした記憶もなかったな、宿屋に入った時点でバラバラに行動していたし、たまに俺だけ宿屋が別な時もあったな」

「……カインに報告する為に、たまに宿を別々にしていたことはあったわ」

「アレはそういう意味だったのかっ⁉」

「カイン達は王族の別邸にいたからいちいち報告に行かなきゃならなかったの。戻ってきたらノエルは厄介事《やっかいごと》に巻き込まれていることもあったわ」

そうなんだよなぁ、一人でいると何故かわからないが厄介事に巻き込まれているんだよ。

「そうだったなぁ、しかも鎧兜《よろいかぶと》が脱げなかったから目立っていたし絡まれやすかったんだよ。それに、当時は国からの支援金だけじゃ生活出来なかったから、ギルドに行って依頼を受けていたんだよ」

「えぇっ⁉　勇者なのにですか？」

「勇者なのに、だ。当時から俺は仲間外れにされていたからな」

「国からの指示だったのよ。ノエルとはあまり親しくするな、って言われていたから」

「やっぱりか……。あの時は見えない壁みたいなものがあったからな……」

言われてみれば確かにステラ達とは食事も一緒にはしたけど、プライベートな話とかはしたことなかったな。

それも国からの指示と聞くと、レバニアにとって俺がいかに邪魔な存在だったかはわかるな。

まぁ、今となってはどうでも良い話だけどな。

# 第155話　元勇者、毒の霧を越える

そんな話をしながら、俺達は森の中を歩いていく。

「そういえば、そのヤマブキソウってどんな野草なんだ？」

俺は改めてクワイアに聞いてみた。

「私も実物は見たことないんですが、その名の通り光り輝く野草と聞いています」

そんな貴重な野草がこの辺にあるのか……。

「かなりの希少価値で、市場に出れば貴族の一財産まるごと使ってでも手に入れた方が良い、というひともいるそうです」

「もしかしてノエルは見たことあるんじゃないの？」

「いや、この辺の野草は大体採ってきたし、何が生えているかは大体知ってるつもりだ。でも、そんな野草があるのは聞いたこともないし見たこともないな……、クワイア、ちょっと地図を見せてもらえないか？」

「いいですけど？」

　俺はクワイアに地図を見せてもらった。

「この印がついているところが、ヤマブキソウがある場所なんだよな？」

「えぇ、そうです」

「なるほどな……」

　俺は一人納得がいった。

「何かわかったの？」

　アイナが聞いてきた。

「地元の俺が見たこともないし聞いたこともないということは、地元の人間がいかない所に生えている、ということだ」

「そんな場所があるの？」

「この森の先にあるんだけどな、そこは有毒ガスが地中から発生して近寄れないんだ」

「有毒ガス？」

「良くて麻痺《まひ》、悪くて命を落とす。だから地元の人間は絶対に近寄らない。そういえばよその人間がたまに麻痺とかで教会に運び込まれたことがあったたな」

　俺が小さい頃の話だけど、今でも記憶に残っている凄《すご》い光景だったたな、あれは。

「それだったら、私の魔法でなんとかなるかもしれないわね。全ての毒攻撃を回避することができるから」

「状態回復の最上級魔法、だったよな？　それならいけるかもしれない」

「ノエルは大丈夫でしょ？　毒攻撃は効かないんだから」

「えっ!?　そうなんですかっ!?」

リリアが驚きの声を上げた。

一応、元勇者だからな、毒とかは普通に回避できるし。

……冷静に考えてみると結構人外だよな、ちょっと凹《へこ》んだ。

「じゃあ、リリアとクワイアには魔法をかけてくれ」

「わかったわ」

そして、しばらく歩くと、森の光景は徐々に変化し始めた。

空気は淀《よど》んできて日が昇っているにもかかわらず、日の光が差し込まず薄暗くなってきた。

奥まで来た、ということだ。

「そろそろ有毒ガスが出る地域に入る。アイナ、頼む」

「わかったわ」

アイナに『防御魔法』をかけてもらう。

これで多分麻痺しないはずだ。

そして、目の前に紫色のモヤモヤした霧みたいなものが出てきた。

「これが有毒ガスみたいですね……」

「一気に抜けるぞ、みんな一瞬だけ息をするな」

俺の合図で一気に駆け出した。

それは本当に数秒のことだが、とにかく吸い込まないように必死に走った。

「はぁはぁ……、みんな大丈夫か？」

「うん、大丈夫よ」

「体は普通に動きます」

アイナとリリアは大丈夫みたいだ。

「はぁはぁ……、走る方が大変でした……」

クワイアは疲れたみたいだな。

まぁ、料理人だから仕方ないか。

とりあえず有毒ガスは乗り越えた。

# 第156話　元勇者、ひと時の休息を楽しむ

毒ガスエリアを乗り越えて見えたのは、人の手が入っていない草が多い茂った森だった。

ここから先は俺も足を踏み入れたことがないから何があるかわからない。

「ここからは慎重に行くぞ」

全員が頷《うなず》く。

「それだったら周囲をちょっと見てみましょう」

そう言ってアイナは目を瞑《つむ》る。

「多分『探索魔法』を使っているんだろう」

「……ここから少し行った所に水辺があるわ」

アイナがある方向を指さした。

「凄いですね……、足を踏み入れたこともないのにわかるなんて」

まぁ、普通の人間は魔力がないから魔法が使えないしな。

アイナの案内で俺達は進んでいく。

EX-BRAVE WANTS A QUIET LIFE

そして、水辺についた。

「おぉ～、綺麗《きれい》な水辺だ」

水が透き通っている。

正に自然の恵みだ。

「ちょっと休憩しましょうか、お弁当を持ってきましたので」

ここまで休まずに来たからな。

クワイアが背負っていたリュックから包みを取り出した。

中に入っていたのはサンドイッチとサラダだ。

「美味《おい》しいっ!!」

リリアが目を輝かしながら言った。

「こういうところで食べると余計に美味《うま》いな」

「そうですね、環境を変えると、普段食べているものでも余計に美味しく感じることができるんですから、不思議なものですね」

クワイアの言うとおりだ。

冒険者時代も勇者をやっている時も楽しみなのは食事ぐらいしかなかった。

といっても別に高いレストランに行くわけでなく、酒を飲んで飯を食べる。

冒険者やってた頃はよく仲間と愚痴《ぐち》を言い合ってたよなぁ、勇者の頃は基本は一人で食べてたし……。

なんだろ、勇者時代が不憫《ふびん》に思えてきた。

## 第157話

# 元勇者、クワイアの傷を知る

「穏やかだなぁ……」

水辺でランチを食べながら、俺はボソリと呟《つぶや》いた。

「魔王討伐《とうばつ》の旅に出ていた時は使命感もあったから殺伐《さつばつ》としていたわね。……原因は私達だったんだけど。旧レバニア王から『仲良くするな』って言われていたから」

「本当に旧レバニア王族は馬鹿ですよね。神託を受けた勇者を裏切ったらどうなるのか、わからないわけではないはずなのに」

それに乗ったステラ達も馬鹿というか浮かれていたんだよなぁ……。

「そういえばノエル様は結婚とかはまだ考えてないんですか？」

「結婚かぁ……、まぁいずれはしたいけど今はまだ興味はないな。領地の運営で忙しいからな」

「そうなんですか？　勇者様だったらモテると思うんですけど」

そういうもんかね？　勇者ではあるけど貴族でもないし。

「そういえば、クワイアは婚約者がいましたよね？」

「えっ⁉　そうなのか？」

「まぁ、いましたけど……、宮廷料理人を辞めた時に一方的に捨てられてしまいました」

　そう言ってクワイアは苦笑いをした。

「何それっ⁉」

「結局、『宮廷料理人』という地位しか見ていなかったんですよ。私を個人として見てくれなかったんです。貴族というのはそういうものだと思えば楽なんですけどね……」

「いやいや、貴族とか関係なく人として必要なくなったら切り捨てる、なんてありえないでしょっ⁉　困っていたら支えるのが恋人というものでしょっ⁉」

　リリアが怒っていたのは自分と重ねたんだと思う。

「どこの誰よっ⁉　私がお母様に言って処分してもらうわっ‼」

「落ち着けっ！　それ、普通に職権濫用《しょっけんらんよう》になるからっ‼」

　暫《しばら》くリリアをなだめるのに時間がかかった。

「す、すいません取り乱しました……」

　漸《ようや》く落ち着いたリリアは謝罪した。

「……まぁ、シュバルツから話は聞いているから、怒る気持ちはわからないでもない」

「兄から聞いたんですか……、もう終わったことなんですけど、まだ吹っ切れていないんですよね」

「まぁ、そう簡単に忘れられるわけはないよな」

　そう言って、俺はリリアの頭を撫《な》でた。

「すぐに忘れなくていいんだよ、自然に笑い話になる時が来る。それまではその傷と一緒に生きていけばいいんだよ」

「ノエル様は強いんですね」

「そんなことはない。俺だって傷つくこともあるし失敗することもある、完璧《かんぺき》な人間なんて存在しないんだよ。誰かが補《おぎな》ってくれているから存在できるんだ。いずれリリアにも現れるさ」

「ノエル様にはいるんですか？　そんな人が」

「どうだろうな……」

# 第158話 元勇者、ヤマブキソウを見つける

休憩を終えた後、俺達は再び移動を開始した。

「あとどれくらいだ？」

「もうそろそろ到着すると思うんですが……」

「ねぇ……、もしかしてアレじゃない？」

アイナが指さした先にある木の根元に光り輝く山菜があった。

「あっ、あれですっ！　アレがヤマブキソウですっ!!」

クワイアが興奮して叫んだ。

確かに光り輝いていて神々《こうごう》しい感じがする。

「とりあえず採ってみましょう」

そう言って、リリアはヤマブキソウを慎重に採る。

「あっ!?　ちょっと待って……」

「あれ？　光らなくなっちゃいました」



EX-BRAVE WANTS A QUIET LIFE

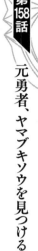

採ったと同時に輝きを失ってしまった。

「なるほど、採ると輝きを失っちまうのか」

「だからこそ、幻の山菜なんですよ。輝いている時が一番美味《おい》しくて状態が良いんです」

「どうやって運ぶかが問題ですね……」

「アイナ、『時間停止』か『冷却』でなんとかならないか？」

「う～ん、時間停止を使えば輝きは持続できるかもしれないし、それを冷却すれば保存できるかもしれないわ、あくまで可能性の話だけど」

「やってみる価値はあると思います。ダメだったら別の方法を考えればいいんですから」

「そうね、まずは時間停止をしてみるわ」

そう言って、アイナは呪文を唱えて、ヤマブキソウに時間停止魔法をかける。

対象が植物だから、かかっているかどうかはわからないが。

「じゃあ採ってみますね」

そう言って、リリアがもう一回ヤマブキソウを採った。

「大丈夫みたいです、今度は光っています」

「どうやらかかっているみたいだな」

「じゃあ冷却魔法をかけるわね」

「完全に凍らせると旨味《うまみ》が逃げてしまう可能性がありますから、霜《しも》がかかってるぐらいがいいです」

「だいぶ難しいわね、一応やってみるけど」

そう言って、アイナは冷却魔法をかけた。

ヤマブキソウは多少霜がかかった状態になった。

「こういうのは初めてだから結構疲れたわ、でも植物にも魔法がかかるのは大発見かもしれないわ」

その後もアイナに何種類か魔法をかけてもらい、ヤマブキソウを採り、俺達はハノイ村へ戻ってきた。

# 第159話 元勇者、国の変革を思う

村に帰ってきて、早速クワイアはヤマブキソウの調理を始めた。

「まずは簡単に揚《あ》げてみましょう」

そう言って、油の中に衣をつけたヤマブキソウを入れた。

ジュッという音と共にパチパチという音が凄《すご》く良い。

数分ぐらい揚げて、クワイアは油の中からヤマブキソウを上げた。

金色に輝く葉っぱに、程よく薄く衣がついて美味《うま》そうに見える。

「それじゃあ早速……」

パクリと食べると……、

「美味いっ!!」

程よい苦みとサクサクの食感がして美味い。

確かにそこら辺の山菜よりも比べ物にならないぐらい美味かった。

勿論《もちろん》、クワイアの腕もあるのだが。

EX-BRAVE WANTS A QUIET LIFE

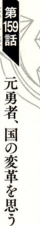

そして、食堂開店の日。期間限定で『ヤマブキソウ定食』を出したんだが、コレが冒険者達に大好評だった。

何せ王族や貴族も食べたことがない、幻の山菜がリーズナブルな値段で食べられるものだから、行列が絶えなかった。

「やっぱり好評だったなぁ、これから冒険者が目指していくんだろうなぁ」

「ただ、あの『毒の壁』がありますからね。相当難易度の高いクエストになりますよ」

まぁ、無駄に採るよりたまにこうして食べられる方が希少価値を生むわけだから、無理に採ることは出来ないだろうな、生態系にも影響があるだろうし。

無駄に自然をつぶして開発する理由もないしな。

「あ、次の建設の件ですが国から許可が出ました」

アムールが思い出したように言った。

「そうか、国の建設審査が結構厳しくなっている中、よく許可が出たな」

「そりゃあ、アムールさんのデザインはシンプルですから許可は出やすいですよ。ただ一部の建築士や貴族はなかなか建設許可が出なくて大変みたいですよ」

以前のアムールの一件以来、シュヴィア国の建設業界は大きな転換を求められた。

豪華主義から一転して、機能性を求められるようになり、貴族御用達《ごようたし》の建築士達は大いに困《こん》窮《きゅう》することになった。

建築許可の審査も厳格化して審査もなかなか通らなくなった、という。

機能性や外観が周りの風景の邪魔をしないか、とか細かいところまでチェックされるようになり、なかなか厳しくなった。

まぁ、その分、金が領地の方に回り豊かになっているところもあるという。

……中にはそこまで回らなくて生活に苦しんでいる貴族もいるらしい。

変革の波に上手《うま》く乗らないと溺《おぼ》れてしまう。

# 第160話
# 元勇者、メドウィン領を再来する

「ノエル様、お久しぶりです！」

「元気そうで何よりだ、メラン」

俺は久しぶりにリリアと共にメドウィン領へやって来た。

「リリア様もお久しぶりです」

「学園以来ですね、メラン。色々あったことは聞いてます。駆け付けられなくてごめんなさい」

「そんなことないですよ、リリア様のことは令嬢仲間の間で話題にあがっていましたよ、全《まった》く社交界に顔を出しておられないので心配しておりました」

「メラン、私はああいう華やかな場所が苦手なの知っているでしょ？」

「あれ？　リリアとメランは顔見知りなのか？」

「ええ、学園で同じクラスだったので」

そうだったのか……。

意外なところで繋《つな》がりってあるんだな。

あの件以来メドウィン領には度々《たびたび》訪問して手伝いをしている。

「大分、草木も増えてきたし土地も豊かになったな」

「はい、おかげさまで昔の賑《にぎ》わいが戻りつつあります」

それはメランの表情から見て取れる。

最初会った時は疲れた表情をしていたが今はイキイキとしている。

「何か変わったことは？」

「そうですね……、若干《じゃっかん》領地が広くなりましたね。周辺の貴族が領地開拓に失敗して土地を国に返上していますから」

「例の改革の影響か」

「今まで自分達が得することだけを考えて、領民の生活を考えていなかったツケがきているんですよ。そもそも、領民あっての領地なんですからね」

リリアの言うとおりだ。

ちゃんと肝《きも》に銘《めい》じないといけない。

# 第161話　元勇者、同盟を結ぶ

今回メドウィン領を訪れたのにはもう一つ理由がある。

リリアの提案でハノイ領とメドウィン領で同盟を組むことにしたのだ。

協力関係を結んでお互いの利益になることをやっていこう。上下関係ではなく対等な関係を結んでいきましょう。という同盟を作ることになり、その話し合いの為にやって来た。

「現実的な話、隅々まで監視するのは難しいんです。だから、地方は地方でまとまってもらうのが一番良いんですよ、それもそれで色々問題もあるんですけど……」

リリアは苦虫《にがむし》を潰したような顔をして言った。

「一部の地域では国の監視をすり抜けて好き勝手にやっている、という話を聞いたことがあります。確かリリア様のご親戚《しんせき》もそうでしたよね？」

「恥ずかしい話ですよ……、叔父《おじ》達が好き勝手やっている、という報告が来て調べてみたら領民が明らかに減っているんです。現地に行ってみたら領民達は一般的な基準を越える税を納めていて生活は疲弊《ひへい》していたんです」

「叔父達は何をしていたんだよ？」

「身の丈に合わない贅沢《ぜいたく》な生活をしていたんです。各地方から最高級の食材やらを取り寄せたりしていたんです。母上、ブチギレですよ。私だって刀を抜こう、と思いましたから。叔父達は別に偉くもなんともないんですよ、それなのに勘違いした結果なんです」

「大変だったんですね……」

「母上は叔父達を拘束《こうそく》してすぐに立て直しを始めました。税率の見直し、領土の調査をして最適な作物を選んで領土の名産品にしました。おかげで現在は無事に持ち直して領民の生活も安定しています」

「問題の叔父達はどうなったんだ？」

「当然、身分はく奪、財産没収の上平民として働いています。母上がキッチリ締め上げたみたいなのでもう元気はないでしょう」

……何をしたのかは聞かない方が良いかもな。

「私も気を引き締めないとダメですね、頑張らないと」

「その為の同盟だからな」

その後、俺達は話し合いをして同盟の基本的なルールを決めた。

## 第162話　元勇者、没落令嬢に会う

「それじゃあ条件はコレでいいですね？」

「そうだな、不備があったらその都度《つど》話し合えばいいか。そういえば、親父《おやじ》さんは元気にしているのか？」

「はい、少しずつ体調が回復して今は散歩に行けるぐらいまでになりました」

「お父様も心配していたんですよ、『チェス仲間が少なくなる』と言っていました」

「国王とも親交があるのか？」

「なんでも学生時代からのお付き合いだそうで……、チェスでは国王様と互角の腕、と言っていました」

そんな話をしていると、メイドが飲み物を運んできた。

「お、お嬢様、紅茶とケーキを持って参りました」

「ありがとうございます」

メイドはテーブルの上にケーキと紅茶を置いたが、手が震えているみたいでカタカタと音を

鳴らしていた。

動きもぎこちない、入ったばかりの新人なのだろうか？

顔もなんか口元が引きつっているし……。

リリアも違和感を覚えたみたいでメイドの顔を見た。

「……もしかしてマリーナ？」

「ひぃっ!? ち、違いますっ!! 私はメイドのマリーと申します！ 決して元侯爵令嬢ではございませんっ！」

マリーナと呼ばれたメイドは、手を横に全力で振りながら必死に否定しようとしていた。

「明らかに動揺《どうよう》しすぎでしょ……」

「知り合いなのか？」

「はい……、マリーナ・レオナーズといいまして、元は結構名門な侯爵家で私達とは同級生なんです」

「ん？ 確かメランとマリーナって仲はあまり良くなかったはずじゃ？ ていうか、いつもマリーナが一方的にメランに嫌みとか言っていたじゃない？」

そう言って、リリアはマリーナに冷たい視線を送る。

「そ、その節は本当に申し訳ありませんでしたあっ！」

すると、マリーナは土下座《どげざ》をした。

「あの頃の私は世間を知らず自己中心的な考え方しかしていませんでした。謝っても許してくれない方もいると思います。でも、メラン様は私の過去の過ちを許してくれてメイドとして働かせてもらって……、メラン様は私にとって女神のような方です！」

マリーナは泣きながら言った。

「……変わりすぎてちょっと引いているんだけど」

昔のマリーナを知っているだろうリリアは、若干《じゃっかん》引いていた。

「何があったんだ？」

「えっとですね……、大体の貴族には家同士で決められた婚約者がいて、貴族学園卒業後には結婚するんです。まぁ、私みたいに婚約者がいない家もあるんですが……、マリーナにも当然ですが婚約者がいて卒業後に結婚をしました」

「ええ、自慢していたのを覚えているわ」

「それから一年後にたまたま王都で再会したんです。……『奴隷《どれい》』となってしまったマリーナと」

「……え？」

「その時には、かつての面影《おもかげ》はなくてこのような状態になっていたんです。私もあまりの変わりように不思議にビックリして奴隷商人に聞いたら『夫がいたにもかかわらず不貞《ふてい》をして実家を破綻《はたん》に追い込んだ悪女』だそうで、でもこの性格だから何処《どこ》も買い取ってくれなかったから奴隷商人も困っていたようなので」

「それでメランは買ったのか？」

「はい」

「そこまでする義理はないでしょ？」

「それでも、流石《さすが》に見過ごす訳にはいきませんでした。それにちょっと疑問があったんです。マリーナがそんな不貞を働くようなことはしない、と思ったので」

「どうしてそう思うんだ？」

「彼女の性格からして浮気なんて器用なことは絶対にできない、と思ったんです」

「マリーナ、実際はどうなの？　私も学生時代の貴女《あなた》を知っているけど不貞を働くような性格じゃないのは知っている」

「……リリア様、私のことを信じていただけるんですか？」

「信じるか信じないかはまだ分かんないけど、今の貴女の姿を見て『何か』があったのは理解できる。だから話してみて」

「あ、ありがとうございます！　家族も誰も信じてくれなかったんです……。私は神に誓って何もしていません！　あの男マセランは最初から我が家の財産狙いで我が家を乗っとる為に私と結婚したんです。目的を達成した後、あの男、いやあの家は本性を現して私がほかの男と浮気をしている、と証拠をでっち上げて我が家から慰謝料と称して財産や土地を巻き上げて、私は両親から勘当《かんどう》されたあげく奴隷として売られてしまったんです……」

そう言って、泣き出したマリーナ。

明らかに財産狙いだよな、それって。

リリアが明らかに怒りのオーラを纏《まと》っているよ……。

# 第163話 元勇者、企てる

「確かマリーナが嫁《とつ》いだのは『リデラック』侯爵家だったよね？」

メランが改めて確認した。

「はい……、結婚前は優しくて向こうの家族も受け入れてくれたんですが……」

「話だけ聞くと、リデラックとかいう家、何か胡散臭《うさんくさ》いにおいがしてきたな」

「ちょっと調べてみましょうか。貴族の中にはあくどいやり方で財を増やしているのもいますから……。でもそんな話だったら私達王族の耳にも届くはずなんですけど……」

この日はコレで終わり、俺とリリアはハノイ村に戻った。


それから数日後、リリアが怒りながら入ってきた。

「やっぱりリデラック家は真っ黒でしたっ！　あの家はクズの固まりみたいな家ですよっ!!」

「そんなにあくどいことをしていたのか？」

「マリーナ同様に家を乗っ取られて、奴隷商人に売られた令嬢が何人もいたんですよっ!!　家を潰されたところもありました」

「そんな情報、なんで今まで表に出てこなかったんだ？」

「上手《うま》くかわしてきたみたいです。それに……、奴隷自体は違法ではありませんから」

リリアは苦い顔をしている。

「にしても、マリーナって確か前とは性格が違っていた、って言っていたよな？　奴隷に堕《お》ちたからといって、性格まで変わるもんか？」

「奴隷商人の中には、奴隷としての価値を高くさせる為に『奴隷教育』を受けさせる者もいるんだ。私も受けたことがある」

元奴隷であるサラがそう証言した。

「奴隷教育って具体的に何をやるんだ？」

「私の場合は力を封印され弱体化して無理矢理いうことを聞かせる。聞かなければ拷問《ごうもん》にあわせる。それを繰り返して精神的にも肉体的にも追い詰めるんだ」

当時を思い出したのかサラはちょっと顔色が悪い。

やはりトラウマになっているみたいだ。

「酷《ひど》いっ！　そんな業者は速攻に潰すべきですっ！　父上に進言してきます!!」

「待て待てっ！　落ち着けよ」

「コレが落ち着いていられますかっ!?」

「こういう時こそ冷静に行動しないとダメだ。どうやったら相手を再起不能にするぐらいのダメージを与えるかを考えないと」

「何か考えがあるんですか？」

「他人にやったことは自分に返ってくる。リデラック家を奴隷に堕とすんだよ」

俺はにやりと笑った。

「そんなことができるんですか？　あれだけ証拠を残さない人達ですよ」

「人に対しては有効だろうな、でも人じゃなかったらどうだろうな？」

「どういうことですか？」

「アリスに協力してもらうんだよ、悪には悪をぶつけるのが一番いい」

その後、俺はアリスに連絡を取り、魔族を一人派遣してもらうことになった。

「はじめまして、サキュバスのメイと言います」

「ノエルだ、アリスから話は聞いていると思うけど」

「はい♪　遠慮《えんりょ》なく搾《しぼ》り取っていいんですね」

「あぁ、よろしく頼む」

俺が考えた作戦は、メイを王家主催の社交パーティーに、何処《どこ》かの貴族令嬢としてマセランに近づかせ、何もかも搾り取らせる。

さて、どうなるか……。

# 第164話　クズ貴族の末路

それから数日後、王家主催の社交パーティーが催《もよお》された。

王家主催ということでほとんどの貴族が参加した。

ただし、目的は伝えてあるので全員が仕掛け人だ。

リデラック家の悪事は貴族間でも噂《うわさ》にはなっているみたいだったので、みんな喜んで協力してくれた。

そんなことも知らずに、ターゲットのマセランは爽《さわ》やかな笑顔をしていた。

確かに女にモテそうなキザな男だ。

ちょっと耳をすまして聞いてみれば、取り巻きらしい男達と『あそこの令嬢は良かった』とか『今度は○○家の令嬢を狙っている』とかいう話をしている。

うん、こいつはまぎれもないクズ貴族だ。

これ以上被害者を出してはいけない。

そんな中、注目を浴びているのはメイだ。

赤いドレスに綺麗《きれい》にメイクされた顔、更にスタイルもよく、どっからみても貴族令嬢にしか見えない。

なんでもメイは、魔族の中でも高等魔族らしく、貴族に近い家柄だそうだ。

しかし、当然だがあまり見たことがないだろうから、男性はチラチラと見ている。

「やっぱり注目されているな」

「そうですね、……正直悔《くや》しい感じもします」

「そう思うのだったらなんで男装してるんだ？」

遠巻きでリリアと一緒に見ているんだが何故かリリアは男装している。

「私は、ドレスとか苦手でして……」

「……慣れような？」

「はい……、あっ、マセランがメイに近づきましたよ！」

「おっ、ついに近づいたか！」

何やらマセランはメイに話しかけている。

取り巻きの男達も一緒だ。

メイも笑っているが、獲物を見定めているような目をしている。

後でメイから聞いたらまぁ、歯が浮くようなキザなセリフを投げかけていたらしい。

『君と会うのは運命かもしれないね。』とか『君と会うために生まれてきた』とか……。

『あまりにもベタでしたから笑いをこらえるのに必死でした』とはメイの弁だ。

そして、俺達にわかるようにメイは親指を立てた。

どうやら無事に成功したみたいだ。

そこからリデラック家が堕ちていくのには時間はかからなかった。

なんせサキュバスの魅了の力は強力だ。

勇者時代にグダールがサキュバスの魅了に取りつかれて、一時期大変なことになった。

アイナの解除魔法で正気に戻ったけど、大人しくさせるためにボコボコにしたんだよなぁ。

思えばアイツの煩悩《ぼんのう》はあの頃からだったか、結果として破滅の道を歩むことになったんだからなんとも言えない。

勿論《もちろん》リデラック家もお約束のように転落していった。

すっかりメイの虜になったマセランは、メイに貢いだ。

あっという間にリデラック家の財産は空《から》っぽになってしまった。

それでも、マセランは貢いで借金まみれになってしまった。

そこでメイが本性をあらわにした。

完全にメイの虜になっていたマセランは、抵抗することは出来ない。

加えてマセランの両親もメイ、メイの知り合いのインキュバスやサキュバスに喰われていた。

リデラック家は、メイの奴隷に堕ちてしまったのだ。

取り巻きの男達も一緒に堕ちてしまったのは、もらい事故としかいいようがないが……。

正に自業自得《じごうじとく》の末路だった。

# 第165話 元勇者、事後報告する

EX-BRAVE WANTS A QUIET LIFE

数日後、再びメドウィン領を訪れた。

「……というわけでリデラック家は没落した。もう被害は出ないと思うから安心してくれ」

「良かったですね、マリーナ。少しは胸のつかえも取れたんじゃないですか？」

「ありがとうございます……、こんな私の為に……っ！」

マリーは涙ぐんでいた。

「貴女《あなた》の為だけじゃないわ。あんなクズ貴族を放っておいた王族として責任を取ったつもり。リデラック家の財産は被害に遭《あ》った人達に払われることになるわ。そうすれば、マリーナも貴族籍を取り戻すことができるんだけど……」

「いえ、私は今のままで結構です。正直貴族時代は色々見栄も張っていて、私自身を偽っていましたから……」

そう言ってマリーナはニッコリと笑う。

何か吹っ切れたような笑顔だった。

「それに最近良い人が現れましたからね」

そう言ってメランが笑うと、マリーナは顔が赤くなった。

「メ、メラン様っ!?」

「家に良く来る庭師と仲良くしているところを見ましたよ。凄《すご》く良い笑顔になっていましたよ」

「あわわ……、わ、私仕事がありますので失礼いたしますっ！」

そう言ってマリーナは慌てて駆け出していった。

「えっ、あの反応って……、本気？」

「みたいですよ、学園ではあんな姿見たことありませんでしたから」

クスクスと笑うメランは、かつての同級生の幸せを心から喜んでいるように見えた。


次の日、王妃様に呼び出された。

「失礼します、あれ？　アリスも来ていたのか」

入ってみるとアリスが王妃と話している最中だった。

「リデラック家の件は聞きました。本来なら私達が対処しなきゃいけないのに……、感謝いたします」

深々と頭を下げる王妃様。

「いやいや、たまたま乗りかかった船だから」

「今回の件は貴族達にとって良い薬になるでしょう。これからは魔族とも協力関係を築いていかないと」

「でも、それは魔族に迷惑かけないか？」

「ううん、私達は大歓迎よ。ていうか、今後も協力関係を結ぶ話をしていたところなの」

だから、アリスもいたのか。

「それはそうと……、リリア。貴女、男装してパーティーに参加したそうね」

リリアがビクッとなる。

王妃様は大きくため息を吐いた。

「いい加減、王女としてのプライドを持ちなさい。貴女だって外交に出たら、この国の王女として振る舞わないといけないんだから」

「は、はい……」

リリアはしょぼんとしていた。

王妃様はちょっと考えた後、何やら思いついたような顔をした。

「そうねぇ……、今度お茶会でも行おうかしら。リリア主催の」

「はひぃ!?　わ、私、お茶会なんて開いたことないんですけどっ!?」

「だからこそよ、そろそろ貴女も王女の自覚してもらわないと。いくらドレスが苦手でもいつまでも逃げていてはだめでしょ？」

「そう、社交界デビューした時に盛大にすっころんで笑われたのを気にしていて、それ以来社交パーティーでは男装、お茶会も参加しない。それで王女としての役割が出来ていると思っているの？」

「ドレスが苦手？」

「うぐぅ……」

リリアはぐうの音《ね》も出てこないみたいだ。

「でも、お茶会ってお菓子とか食べながら喋《しゃべ》るだけだろ？」

「男性から見ればそうだけど、主催となると話は違うわ。お茶やお菓子等を手配しなければならないから、その貴族令嬢の力が試されるのよ。お茶やお菓子でも何処《どこ》の茶葉を使うか、何処の有名なパティシエを使うかで見定めるのよ」

「はぁ、そうなのかぁ……、貴族も大変だなぁ」

因《ちな》みにリリアはガタガタ震えていた。

# 第166話　元勇者、リリアのプレッシャーを思いやる

王妃様からの宣告を受けた翌日、リリアは机に突っ伏していた。

「……大丈夫か？」

返事が全《まった》くない。

「そんなに嫌なのか？　お茶会。社交パーティーよりはマシだと思うが」

「私はなんとなくわかるような気がします」

サーニャが言った。

「サーニャも経験したことあるのか？」

「はい、『値踏み』みたいなものですから、私の場合は、王太子の婚約者だった時に、視線はいつも感じていました。良い意味でも悪い意味でも……。お茶会、特に主催となると更にプレッシャーがかかります。相手は粗探《あらさが》しも兼ねて来ますから隙《すき》を見せてはいけないんです」

「粗探し？」

「はい、貴族社会は足の引っ張り合いですから。何かミスがあったら親に報告、貴族社会で尾

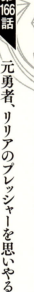

ひれがついて噂《うわさ》になったりして、最悪貴族社会から……」

「……特に私の場合はメンバーがメンバーですから、余計に大変なんですよ」

机に突っ伏していたリリアがむくりと顔を上げた。

「メンバーって？」

「他国の王女です」

あぁ〜……。

そうか、自国の貴族令嬢ならともかくとして、他国の王妃となると外交にも影響は出てくる。

つまり、国を背負っている、ということだ。

「それで……、良い案は出たのか？」

「全く……」

頭をフルフルと横に振るリリア。

「そういえばお茶会に参加したことがない、とか聞いたけど」

「でも、貴族学院の時にお茶会は定期的に行われているはずですよね？」

「入学当初から、生徒会の一員としてイベントとかの準備とか予算案とかに参加して他の令嬢となかなかコミュニケーションが取れなかったんです。さらに騎士団にも所属しているので……」

「リリアは母上に憧れていますからね。でも母上は武芸だけじゃなくてお茶会も完璧《かんぺき》にこなしていましたから。実際父上との結婚に反対していた貴族も母上主催のパーティーで味方につけましたから。だからこそリリアのプレッシャーは半端《はんぱ》ないんですよ」

シュバルツが解説してくれた。

なるほど、リリアの心境が少しわかったような気がする。

# 第167話　元勇者、リリアに提案する

「それで……、どうするんだ、お茶会」

「うぅ……、王都で何が流行《はや》っているのか全く知らないし……、どうすれば良いんでしょうか？」

涙目でこちらを見つめるリリア。

「俺に聞かれてもなぁ……、貴族の世界なんてわからないし……、そもそも場所は決まっているのか？」

リリアはフルフルと横に首を振った。

「それだったら……、いっそのこと、この村でやれば良いんじゃないか？」

「……はい？」

リリアはキョトンとしている。

「だから、この村でお茶会をやるんだよ」

「こ、この村でですかっ!?」

「そうだ。この村のアピールにもなるし」

「でも、お茶会に出すお菓子とかはどうするんですかっ!?　場所とかもありませんよっ!!」

「場所だったら旧村長宅や教会とかがあるだろ。それにお菓子だったら作れば良いじゃないか」

「つ、作るって……?」

「勿論《もちろん》、リリアが作るんだよ」

「わ、私がですかぁっ!?」

リリアは素《す》っ頓狂《とんきょう》な声を上げた。

「いくら貴族のお茶会だからといって、高いお菓子とかお茶を出しても意味はないと思うんだよ。いっそのこと、手作りでやってみた方が良いと思うんだ」

「で、でも私、料理は人並みには出来ますけど人に出せるような腕なんてないですよ」

「だからこその良いきっかけだと思うぞ。別に着飾った服を着て優雅に振る舞うだけが貴族じゃないだろ?」

「う～ん……」

リリアは腕を組んで考え込んでしまった。

その翌日から、クワイアの元でクッキー作りに励《はげ》むリリアの姿があった。

# 第168話 元勇者、貴族の裏を知る



「あの子は貴族の黒い部分を見てきたから、貴族を毛嫌いしている部分があるのよ。だから、あまり他の令嬢と深くは付き合わないのよ」

「黒い部分、というと？」

「足の引っ張り合い、権力闘争……」

なるほど、そんなものを幼い頃から見せられていたら毛嫌いするのもわかるような気がする。

「更に実家の腐敗ぶりを見せつけられたから余計に……。私もフォローすればよかったんだけど忙しくて……、気づけば男勝りな性格になっちゃって……」

俺的には本人が満足しているのであれば良いと思うんだけどなぁ……。


「そう、料理の勉強をしているの」


「そう、料理の勉強をしているの」

「まぁ、俺がどやした結果なんですが……」

俺はシュヴィア城に来て、何故か王妃様に捕まりお茶を飲んでいる。

それで、リリアの近況を話した。

EX-BRAVE WANTS A QUIET LIFE

まぁ、王族ともなるとそうはいかないんだろうな。

「そういえば、リリアには新しい婚約者はいないのか？」

王妃様は首を横に振った。

「私はお見合いで無理やり結婚させるよりも、本人が納得してくれる方が良いと思うわ。貴族や王族の結婚ってほとんどが『政略結婚』で、その殆《ほとん》どが『仮面夫婦』なのよ。中にはお互い愛人がいて、相手の出方を窺《うかが》っている夫婦もいるわ」

「窺っている？」

「つまり、離婚沙汰《ざた》になって慰謝料の問題になった時に、相手の過失にさせたいわけよ」

「より多くの慰謝料を取る為にか？　えげつないなぁ……」

「愛のない結婚をすると、繋《つな》ぎとめるのはお金とか地位だけになっちゃうのよ。貴族同士ならまだ良い方だけど、リリアの元婚約者は他国の王子だったから、最悪戦争のきっかけになってもおかしくはないのよ。まぁ、向こうの国王が良識のある人だったから、大きな問題にはならなくて済んだけど。でも少しずつだけど前に向いて歩んでいるのは、親として嬉しいわ」

その顔は、娘の成長を喜んでいる母親の顔だった。

「でも、あの子は気分屋の部分もあるし、途中で心が折れるかもしれないから、逃げ出せないようにちょっとだけ後押しをしておきますか♪」

……あれ？　王妃様から悪魔の角《つの》と尻尾《しっぽ》が出ているような気がするんだが……。

# 第169話 リリア、外堀が埋められる

「うぅ……、また焦がしてしまいました」

リリアがクワイアの元でお菓子作りを始めて一週間が経過した。

まぁ、そんなに上手《うま》く上達できるわけもなく、今日も焦がしたクッキーを目の前に凹《へこ》んでいた。

因《ちな》みに味見役は俺だ。

「それでも、焦がした面が少なくはなっているから成長はしていると思うぞ」

「本当ですかっ!?」

リリアは目をキラキラさせて、俺の顔を見た。

ここ数ヵ月でリリアの人間性がわかってきた。

嘘はつけない、真面目《まじめ》で感情がわかりやすい。

一言で言えば『単純』だ。

それが王家としてどうかと思うが、あの王妃様だから何か納得してしまう。

EX-BRAVE WANTS A QUIET LIFE

そこへキャミーが手紙を持ってやって来た。

「リリア様、ちょっといいですか？　シュヴィア国からこんな招待状が届いたんですが」

「招待状？　出した覚えはないんですが」

リリアは首を傾《かし》げて、キャミーから招待状を見せてもらった。

「なぁっ!?」

手紙を見たリリアは、一瞬声をあげて固まった。

「なんの招待状なんだ？」

「一カ月後にリリア様主催でお茶会を行うみたいですよ。他国の王女を招くみたいで……」

この時、俺は王妃様のあの意味深な笑みの意味を知った。

なるほど、逃げ道を防いだのか。

「でも、なんでキャミーの元にまで？」

「さぁ？　わかりません。王女でもないのに……、そもそもお茶会自体参加したことがないんですよ。殆《ほとん》どお姉様が参加していたので」

「え？　姉がいるのか？」

「はい、今は他国に嫁《とつ》いでいますが。『リンダ・カーネバース』といいます。あっ、お父様よりじゃありませんよ。どちらかというと良くお兄様を締めていました」

「締めた？」

「お兄様がわがまま言ったり悪さをすると、締めるのはお姉様の役目なんです。お姉様は武芸の達人なので」

そう言って、キャミーは苦笑いをした。

後でシュバルツから聞いたら『レバニアの暴れ馬』として有名だったらしい。

それは他国に嫁いでからも同じだったらしくカーネバース国は彼女の采配《さいはい》で結構大きくなったらしい。

「……で、リリア。タイムリミットが決まったみたいだが？」

「……私、ちょっとお母様のところに行ってきます」

うん、やっぱり怒っているな。

その言葉と共に勢いよくリリアは家を飛び出した。

数時間後には、騎士団の練習場にて壮絶《そうぜつ》な親子喧嘩《げんか》が行われたらしい。

帰ってきた時は真っ白になっていたので、何をやったかは想像がつく。

噂《うわさ》によれば練習場にでかいクレーターが出来たらしい……。

# 第170話 お茶会の準備は情報収集から

お茶会の開催が正式に決まり、リリアは頭を抱えていた。

「大丈夫……、じゃなさそうだな」

「そりゃそうですよ、お茶会なんて参加したことすらないんですよ。それがいきなり主催しろ、ですよ。無謀《むぼう》ですよ無謀」

「自分で言うなよ、今まで参加してこなかったツケが来たんだろ」

「うぐぅ……」

そう言って、リリアは机に突っ伏した。

王妃様から聞いた話だが、王女達のお茶会は定期的に行われているそうで、今回はシュヴィア国で行うそうだ。

いつもは王妃様が主催していたのだが、今回はリリアに全てを一任することにした。

「学校のお茶会とはまた違いますからね……、ある種の外交みたいなもので国を背負っているのと同じですからね。プレッシャーは半端ないですよ」

シュバルツはリリアを同情する目で見る。

「そんなにお茶会って重要なのか？　いまいちピンとこないんだが」

「男にはわかりませんよね。私は母上の準備を手伝ったことがあるからわかるんですけど……、ある種の『戦場』ですよ」

「戦場？」

「ええ、刃を持たない代わりに、言葉の刃で相手をけん制する。特に王族となると、国を背負っていますからね」

そうなのか……。

「リリア、まぁ俺達も協力するから、手伝えることがあるなら言ってくれ」

「ありがとうございます……、しかし、何から手をつければいいのかわからないんですよ」

「お茶会に必要なもの、というと……、お茶と菓子だよなぁ」

「それだけじゃなくて場所も大事ですよ、雰囲気《ふんいき》というのがありますから」

「自然に囲まれたこの場所なら大丈夫なんじゃないか？」

「お茶会って庭園でやることが多いですからね」

「あと、前のお茶会がどんな感じかわかればいいんだけどなぁ。リリアは参加してないんだよな」

「はい……、でも友達に聞いてみればわかるかもしれません。前回の主催はケイレル国で、そこの王女とは友達ですから」

「ケイレル国っていったら魔術文化が一番発達している国じゃない」

ケイレル国の名前を聞いてアイナが反応した。

「俺は訪れたことないよな？」

「そうね、魔王城へのルートには載っていなかったし」

「それじゃあ、手紙を出してみます、何もトラブルが起きていなければいいんですけど」

リリアは不安そうに言っていたが、この希望も虚《むな》しく、嫌な予感は的中することになる。

# 第171話　元勇者、世界情勢を知る

リリアはケイレル国にいる王女に手紙を出した。

それから二日後に返事が来た、っていうかその王女本人が自らやって来たのだ。

「はじめまして、ケイレル国第一王女のレイチェル・ケイレルと申します。一目勇者様を見たいと思いまして参りました」

「ノエル・ビーガーだ、よろしく頼む」

やはり俺の名前は世界に広まっているんだな。

「しかし、ケイレル国ってシュヴィアから結構遠いところにあるんだろ？」

「そこは勿論《もちろん》『転移魔法』で来ました」

「それに護衛がいないじゃないか？」

そう、来たのはレイチェル一人だ、護衛の姿がない。

「わが国では『自分の身は自分で守る』がモットーなので」

「そういえば国民はみんななんらかの魔法が使える、って聞いたことがあるわ」

アイナが補足してくれた。

「わざわざお越しいただいてありがとうございます、レイ様。それで前回のお茶会の様子はどうだったんですか？　何かトラブルとかありました？」

「ひどい有様でしたわ……」

そう言ってレイチェルは溜息を吐いた。

「前回参加したのは私を含めて四人だったんです。コバルト国、ケンビア国、トーリア国の王女が参加したんですが……」

「うわぁ、あの二人が参加したの？」

リリアがげんなりとした顔をした。

「どういうことだ？」

「コバルト国とケンビア国は昔から仲が悪いことで有名で……、その王女であるコバルト国のメニア様、ケンビア国のアミア様も仲が悪いんですよ、会えば勿論罵《のの》り合いますから。で、今回、タイミングが悪いことにメニア様はつい最近婚約して婚約者自慢をしてきたんですが、丁《ちょう》度《ど》同じ時期に婚約が破談になってしまい……」

「うわぁ……、本当にタイミングが悪ぅ……、それで？　なんとなく想像つくけど」

「メニア様がアミア様を挑発して、アミア様が売り言葉に買い言葉で取っ組み合いの喧嘩《けんか》が始まりました。まぁ、すぐに近くにいた兵士が止めに入りましたが、私はトーリア国のミネルバ様と二人でガタガタ震えてました」

　話を聞いたリリアは頭を抱えていた。

「あの二人が一緒となるとまたひと悶着《もんちゃく》が起こりそうな気がする……」

「確実に起こる、と思います。前回の遺恨《いこん》がありますから」

「にしても、どうしてコバルト国とケンビア国はそんなに仲が悪いんだ？」

「コバルトとケンビアは昔は一緒の国だったらしいけど、色々な事情があって分かれてしまったそうなんです。その時の遺恨が今も続いているみたいで、それがあるかもしれませんね」

# 第172話 元勇者、ケンビアとコバルトの因縁を知る

「その事情ってなんだ？」

「詳しくは知らないんですが、伝え聞く話だと跡目相続だった、と聞いています」

跡目相続か、こりゃまた根深そうな問題だな。

後でシュバルツに聞いてみるか。

「私、貧乏くじを引かされたような気分なんですが気のせいでしょうか？」

リリアが凄《すご》くどよ～んとした空気を醸《かも》し出しているような気がする。そしてそれは気のせいではない、関係ない俺でも疲れたのだから。

「でも、喧嘩のこともあるから二人は参加するとは思えないけどな」

「で、ですよねっ!?」

「でも、勇者様がこの村にいるのは既に知られていますし、各国も勇者様とお近づきになりたい、と思っていますし……、多分参加しますよ」

レイチェルの言葉にリリアはゴンッと頭を机に打ち付けた。

「不安しかない……、あぁ～、本当に憂鬱《ゆううつ》だぁ……」

「……というわけだ」

「それでリリアが落ち込んでいたんですか、納得ですよ」

そう言ってシュバルツは苦笑いした。

レイチェルの話を聞いた日の夜、俺はシュバルツにその話をした。

「それでシュバルツは何か知っているか？　跡目相続が原因だ、と聞いたんだが」

「コバルトとケンビアですか？　父上から聞いた話だと何百年前に起きた出来事が原因らしいですよ」

「その出来事というのは？」

「あそこは元々デファルトという国でレイスとスカウドという二人の王子がいたんですが、当時の王が次期国王に兄のレイス王子を任命したのです」

「長男が跡継ぎになるのは別に問題はないんじゃないか？」

「ところが、この兄弟はあまり仲が良くなかったのです。どちらかというと弟のスカウドの方が優秀で、レイスはそれをコンプレックスに思っていたようで、王に就任すると同時に、スカウドを王族から追放してしまったのです」

「そりゃあ確かに確執が起こってもおかしくはないな」

「それに怒ったスカウド派の貴族が、デファルト国内で反乱を起こしてレイス派と激突して、徐々に国内が不安定となり最終的には分裂してしまい、ケンビア国とコバルト国が建国されたのです。ですから、あの二つの国の間には未だに火種がくすぶっている状態なのです」

なるほどなぁ……。

「我々も何度か和平の交渉をしたのですが、歩み寄りが全《まつた》くなく現在に至る状態なのです」

シュバルツが困った顔をしている。

「時間が長くなると、新たな問題も勃発《ぼつぱつ》して複雑になっていきますからねぇ……」

話を聞いていたミレットも苦笑いをしている。

「ミレットは知っていたのか？」

「家は元々交流がないんですよ、父上が見下していましたからねぇ」

そう言ってミレットは呆《あき》れたように言った。

「レバニアはあまり外遊とか得意ではなかったからねぇ」

それは国としてどうか、と思うぞ。

「父は『魔王を討伐《とうばつ》できればデカい顔ができる！　他の国もうちに従う！』と思っていたみたいですから」

いや、それって色々ツッコミがありすぎるだろ……。

しかし、ずっといがみあっていたままじゃダメだろ？

何らかのきっかけが必要だと思うんだが……。

# 第173話　リリア、吹っ切れる

お茶会が決まってから半月が経過したが、準備も何も始まっていない。

しいて言えば、リリアの料理の腕がだいぶ上がってきた。

「こりゃ美味《おい》しいな。お店に出しても大丈夫だぞ」

「本当ですかっ!?　ありがとうございますっ!!」

リリアが作ってきたクッキーを頬張りながら言うと、リリアは嬉しそうな顔をする。

ここ最近になって肩の力が抜けてきた、というか年相応の少女の表情をするようになった。

良い感じで村に馴染《なじ》んできたなぁ、と思う。

「ところでお茶会の準備は捗《はかど》っているのか？」

「それが全く……」

そう言って、首を横に振った。

「でも、こうしてお菓子を作っている、ということはお茶会で出すんだろ？」

「いや、これはストレス解消の為にやってるだけで……」

「でも美味しいよ？　私、結構好きだよ」

アクアがクッキーを頬張りながら言った。

「出しても文句とか言われませんかね？　相手は王女達ですよ？　普段から美味しいものを食べていて舌は肥《こ》えているんですよ？」

「……俺は所謂《いわゆる》高級店の菓子とか食べたことないから比べようがないけど、リリアの作ったクッキーはリリアらしさが出て良いと思うぞ」

「私らしさ、ですか？」

「そう、だからお茶会もリリアらしいことをやればいいと思うんだよ。別に気取る必要はないんじゃないか？　相手は王女といっても同年代の女の子だ」

「でも……」

「それに、前にリリアが作ったクッキーをレイチェルが美味しい、って言っていたじゃないか」

この間、レイチェルが来た時に、リリアが作ったクッキーを出したのだ。

レイチェルは勿論《もちろん》、リリアが作ったことは知らない。

「そういえばレイチェル様、凄《すご》く満足そうな顔をしていましたよね」

「だから、自信を持ってやればいいと思う」

「そうですか……、そうですよね！　なんだか自信が出てきました！」

どうやら目途《めど》がついたみたいだ。

　そして、リリアは改めて招待状を各国へ出した。

『シュヴィア国主催のお茶会について。今回のお茶会はちょっと変わった催《もよお》しを考えております。なので動きやすい格好でお越しいただければありがたい、と思っております。皆様の快《こころよ》い返事をお待ちしております。リリア・シュヴィア』

　数日後には返事が来て全員参加となった。

「リリア、動きやすい恰好《かっこう》ってどういうことだ？」

「色々考えてみたんですが、普段は出来ないことをしようかな、と思っています」

「出来ないこと？」

「はい、私もこの村に来て、初めてやったことが色々ありました。だから、彼女達にも体験してもらおう、と思っています」

　そう言って、リリアは笑った。

　そこから嵐のように準備が始まった。

「キャミーさん、お花のセッティングをお願いしたいのですが」

「わかりました、任せてください」

「飾りはどうする？」

「私が作りましょうか？　刺繍《ししゅう》をやっていますので、テーブルクロスくらいなら作れますよ」

「サーニャさん、よろしくお願いします」

さて、どんなお茶会になるのか。

# 第174話 お茶会、開催

「ついにこの日が来たか……」

いよいよお茶会当日になった。

リリアは参加者を迎えにシュヴィア城に行った。

お茶会の会場となるのは旧村長の家の中庭だ。

中庭には、キャミーが育てた色とりどりの花が飾られており、そこにテーブルといすを設置した。

テーブルにはサーニャの手作りのクロスが敷いてある。

そして、今回出すお茶はキャミーが育てたハーブを使用している。

「私の育てたハーブが口に合うかどうか楽しみですね」

「大丈夫だろ、俺が飲んでも美味《うま》いと思ったんだから」

俺やリリアが試飲してオッケーサインを出したので大丈夫だと思う。

やるべきことはやったので、後は野となれ山となれだ。

暫《しばら》くしてリリアが数人の少女を連れてきた。

少女達はキョロキョロと見回している。

「皆様、こちらがこの村の村長であるノエル様です」

「どうも、初めましてハノイ村へようこそいらっしゃいました。ノエルと申します。何もないところですが、できる限りのおもてなしをさせていただきたいと思っていますので、よろしくお願いいたします」

俺は挨拶《あいさつ》をして、頭を下げた。

「はじめまして、私メニア・コバルトと申します。かの有名な勇者様とお会いできて光栄ですわ」

「私アミア・ケンビアと申します。こちらわが国で採れた宝石でございます。よかったらどうぞ」

「……ミネルバ・トーリア、よろしく」

第一印象としてはメニアは典型的なお嬢様タイプ、アミアはちょっと地味な感じがする。ミネルバは……、何を考えているのかわからない、というのが俺の第一印象だ。

やっぱり王女といっても色々なタイプがいるんだなぁ、とつくづく思う。

# 第175話 コミュニケーションは先手必勝

王女達を連れてお茶会の会場へと向かう。

「王女様達はこのような場所に来られるのは初めてですか？」

「えぇ、普段はお城から出ることはないので」

メニアがそう答える。

「メニア様は自国の内情はあまり知りませんからねぇ、私は領地を巡回していますから」

アミアの言葉にメニアの笑顔がひきつった。

……なるほど、確かに関係は良くないみたいだ。

「……二人とも、ケンカはダメ」

「そうですよ、今日は仲良く行きましょうよ」

「わ、わかっているわよ……」

「も、もちろんよ……」

レイチェルとミネルバが二人を制して、メニアとアミアは大人しくなった。

……何か人間関係がわかるな。

「さぁ、こちらが会場となります」

会場を見て王女達は感嘆《かんたん》の声を上げた。

「あら、素敵な庭園ですね、腕の良い庭師がいるんですね」

「お褒めの言葉ありがとうございます。でも、庭師はこの村にはいないんですよ」

「このお庭を管理しているキャミー・レバニアと申します」

キャミーは一歩前に出て挨拶をした。

「え、キャミーってレバニアの精霊姫と言われている？」

キャミーが名乗ると、王女達は驚きの声をあげた。

「お噂《うわさ》は聞いておりました、精霊達に愛されている姫がいる、と。一度お会いしたいと思っておりました」

精霊姫の名前はやはり有名だったか。

「社交界デビューする前に、実家があんなことになってしまったので、皆様とお会いする機会がなくなってしまいました。今はただの平民としてこうして暮らしております」

「このお屋敷はキャミー様のものではないんですか？」

「住んではいるんですが借家ですので。この家は宿泊施設も兼ねていて管理も任されております」

俺が指示したわけじゃないんだけど、いつの間にかそうなっちゃったんだよなぁ。

「どうぞ、皆さん席にお着き下さい。お茶は既に準備をしてありますので」

リリアの言葉に王女達は席につく。

「今回のお茶会は今までとは違う趣向《しゅこう》を凝《こ》らしました」

「今までとは違う、と申しますと？」

「ちょっと皆様にもお手伝いして頂きたいことがあります。それはのちほどとして、まずはお茶でもどうぞ」

「この匂《にお》いは……、ハーブティーですわね」

「……スーッとしていて飲みやすい」

「凄《すご》く良い匂いですわね、味も美味《おい》しいし有名な茶葉を使っていらっしゃるのかしら？」

「実はこの村でキャミー様が育てた茶葉を使っているんです」

「「えぇっ!?」」

王女達、特にメニアとアミアは驚きの声を上げた。

ミネルバは声は出してないが、ビックリした顔をしている。

「今回出されるお茶やお菓子は全てこの村で作られたものを使わせていただきました。因《ちな》みにお菓子は私が作りました」

「えぇっ!? き、騎士姫と名高いリリア様がっ!?」

メニアが素《す》っ頓狂《とんきょう》な声で叫んだ。

「はい♪　やはり王族でも料理も作れないと」

自信たっぷりに胸を張るリリア。

……つい数ヵ月前は全《まった》くできなくて泣いていたのに、最近はメキメキと上達してるからな。

「この村では身分問わず『自分でできることは自分でやる』がルールなんです。ですから私にはメイドも執事もついておりません」

「で、でも最初から上手《うま》くいったわけではないでしょう？」

メニアが震える声で言った。

「勿論《もちろん》です。こちらにいるノエル様や村人の皆さんに頭を下げてお願いして、色々教えていただきました」

「あ、頭を下げる？　へ、平民にですか？」

今度はアミアが言った。

「はい、だって人に教えてもらうのに、頭を下げるのは当たり前じゃないですか？」

そりゃあ、王女という立場だったら命令すればなんでもやってくれるのは当たり前のことなんだろう。

だから、リリアの話を聞いてカルチャーショックを受けたんだろうな。

# 第176話

# リリア、料理の腕を見せつける

EX-BRAVE WANTS A QUIET LIFE

「どうぞお菓子も食べてください」

「この机に並んでいるお菓子は全部リリア様がお作りになったんですか？」

「はい、意外と楽しいものですよ」

まず、手を出したのはミネルバだった。

クッキーをつまんで一口で食べた。

「ん、美味しい……」

そう言って満足そうな顔をするミネルバ。

この反応に驚いたのはメニアとアミアだった。

「えっ!?　ミネルバ様が感想を言った!?」

「食べている時も全く表情を変えないのにっ!?」

「リリア様、前に頂いた時よりも腕を上げたのではありませんか？」

前に食べたことがあるレイチェルが指摘した。

「皆様方に満足して頂けるようなものを作ろうと思って頑張りました」

そして、メニア達も恐る恐るクッキーを口に入れた。

「意外と美味《おい》しい……」

「丁度《ちょうど》良い甘みと食感が嫌いではありませんわ」

後から聞いた話だが、リリアは内心『よしっ！』と思ったらしい。

「私はこの村に来て知らなかった色々なことを経験しました。今回のお茶会はただこうしてお話しするだけじゃなくて、皆様方にも体験していただこうかな、と思っています」

そう、リリアが考えたお茶会というのは、ただ話すだけではなく『体験型』お茶会を企画した。

「え、体験って……？」

「お菓子作りですよ、材料は既に用意しています」

そう言って、リリアが指さした先には簡易キッチンが用意されていた。

招待状に『動きやすい恰好《かっこう》』と書かれていたのはこういうことだ。

「さぁ、エプロンも用意してありますから行きましょうか？」

リリアがニコニコ笑いながら手招きをする。

その笑みは有無を言わさない圧力がある。

既に流れはリリアが握っている。

「い、いや、あのお菓子なんて作ったことが……」

「私だって作ったことありませんでしたよ。そんな私でも作れるんです、大丈夫ですよ♪　それにお菓子作りなんて、学園の調理実習でやっているじゃないですか？」

「そ、それは勿論ですけど……」

「まさか、人に任せてご自身は試食だけしていた、わけではありませんよね？」

「も、勿論ですわ」

アミアとメニアの顔は、冷や汗を流しながらひきつっている。

この分だと図星なんじゃないか。

ミネルバは相変わらず無表情だが、既にキッチンについてエプロンを着けている。

やる気はあるみたいだ。

さて、どんなことになるやら……。

# 第177話　元勇者、王女たちのお菓子作りを見守る

「さぁ、それでは始めましょうか♪」

あれから数分後、エプロンを着た王女達が簡易キッチンの前にいる。

「わからないことがあったらなんでも聞いてくださいね。一応レシピを用意してあるので、レシピ通りに作れば問題はありませんから」

そう言って、リリアはニッコリと笑った。

「よ、よろしくおねがいします……」

それに比べてさっきから、アミアとメニアの表情は引きつっている。

「なんでリリアの奴、あんなに清々しい笑顔をしているんだ？」

「あの二人にマウントを取られているからですよ。さっき『騎士姫』と言っていたじゃないですか。あれって実は悪口みたいなものなんですよ」

「悪口？」

「生来、王女は戦うことがありませんから。二人からしたらリリアは『王女らしくない』わけ

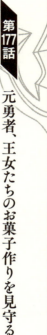

ですよ。たまにお茶会に参加すると色々言われているみたいで、帰宅後の荒れようといったら……」

なるほど、そんな関係だったのか。

そんなわけでお菓子作りがスタートしたが、やっぱりてんやわんやだった。

普段、料理をしていないんだろう、というのが見え見えだった。

「なんで、纏《まと》まらないの!?」

「分量間違えていますよ、ちゃんとレシピ通りに入れましたか？」

「た、卵が上手《うま》く割れない……っ！」

「力の入れすぎですよ、こうやって角にコンコンと叩いて、ヒビを入れてこうやって……」

アミア達にとっては初めての体験だったのだろう、そこには王女の仮面を外した等身大の少女たちの姿があった。

そんな中、ミネルバがマイペースで上手く作っているのが意外だった。

「……コネコネするの面白い」

クッキーの生地を練《ね》るのに夢中みたいだ。

「初めてにしては上出来だと思うぞ、ミネルバ」

「ありがとう……、こういうの……得意だから」

「料理を普段からやっているということか？」

そう言うと、ミネルバは首を横に振った。

「薬草の調合とか……、ゴーレムの錬成とかに似てる……」

調合？　錬成？

「トーリア国は錬金術とかが発達しているんですよ」

なるほど、そういうことか。

もしかして、ジャレットと気が合うんじゃないか？

「おやおや、なかなか賑《にぎ》やかなことをやっているわね」

声がしたので振り向くと、ミラージュの姿があった。

「ミラージュじゃないか、久しぶりだな」

「最近忙しかったからね、それにしても面白い光景ね」

「まぁ、滅多《めった》に見られない光景ではあるだろうな」

「それに仲の悪いケンビアとコバルトの王女が喧嘩《けんか》もせずに一緒にいるなんてレアな光景よ」

「知っているのか、あの二国の因縁《いんねん》を」

「そりゃあ勿論《もちろん》知っているわよ。そのきっかけになった時に私もいたんだから」

「まじかっ!?」

「ええ本当よ。まぁ、いい機会だから本当のことを教えておいた方が良いわね」

……なんか意味深だなぁ。

# 第178話　王族との婚約は大変らしい



「そういえば、メニア様、最近婚約されたそうで……、遅ればせながらおめでとうございます」

リリアがそう言うと、メニアはビクッと震えた。

まるで触れられたくないような感じだった。

「……その話ならなくなりましたわ」

「「「……はい？」」」

全員の声がかぶった。

「あの男、浮気していたのですわっ！　最近様子がおかしいから密かに密偵に調査させたら、他の令嬢とデートをしたんですわっ!!」

ダンッ！　キッチンを叩いたメニア。

リリアはしまった！　というような顔をして慌ててフォローに入る。

「で、でもただ一緒にいただけでは浮気にはならないのでは？」

「怪しい宿に入っていくのを目撃したそうですわっ!!　王女であるこの私を差し置いて浮気す

るなんてっ!!　私の何処《どこ》に不満があったのよっ!!」

　思い出したように怒りの表情を浮かべるメニア。

「それじゃあ婚約破棄《はき》をしたんですか？　でしたらもう忘れてしまえばいいじゃないですか？」

「現在、話し合いの真っ最中ですわ。まぁ一〇〇パーセント向こうの有責ですから、破棄は確定ですけど、どんなペナルティを与えようか、とお父様と相談中ですわ」

　フフフ……、と黒い笑みを浮かべるメニアはちょっと怖かった。

　明らかにメニアの背後からどす黒いものが見えた。

　アミアはそれを見てプッと笑いを堪《こら》えていた。

「ア、アミア様はどうですか？　アミア様は婚約が残念なことになったみたいですが」

　……そこで話を振るなよ、リリア。

「まぁ私はようやくゴタゴタが解決しました。あの浮気男とその相手にはちゃんとケジメをつけてもらいましたわ」

「ケジメですか？」

「ええ、王女との婚約を破棄するんですから当然、賠償金《ばいしょうきん》は払ってもらいましたし、領地没収、身分はく奪、国に居られなくなるようにしてやりましたわ」

　フフン、とした表情をするアミア。

　流石《さすが》というか徹底しているな。

「メニア様、よかったら私の経験談を教えてあげてもよろしいですのよ」

「……遠慮《えんりょ》しておきますわ」

「残念でしたわねぇ、前の時は『私と婚約者は相思相愛、彼のことならなんでも知っているし破棄なんて死んでもあり得ない』とか仰《おっしゃ》っていたのにねぇ」

「そ、そこまで強気なことは言っておりませんわっ！　盛りすぎですわっ!!」

「あらあら、申し訳ありません。私にはそういう風に聞こえたもので」

メニアとアミアの二人から火花みたいなものが出ているように感じた。

リリアは何かおろおろしているのを、レイチェルが落ち着かせようとしている。

「……二人とも似た者同士」

ボソッとミネルバが呟《つぶや》いた。

……ごめん、俺もそう思った。

# 第179話 聖王、王女たちに真実を伝える

その後も小競《こぜ》り合《あ》いはやりつつもお菓子作りは進んでいった。

「後は焼くだけですね。暫《しば》しお時間を」

そう言って、リリアはクッキーをオーブンに入れた。

「……楽しみ」

ミネルバはワクワクしているみたいだ。

多分、尻尾《しっぽ》がついていたら振っているんではなかろうか。

「最初は『なんでこんなことを』と思っていましたけど、やってみれば結構楽しかったですわ」

「私達が普段何気なく食べているものもこうして手間暇かけて作っていると思うと……、今度からは改めないといけませんわね」

メニア達は色々思うところがあったみたいだ。

まぁ、なんだかんだ言って楽しんでくれたのであれば、今回のお茶会は成功といっていいだろう。

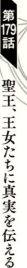

「両親に持って帰れば喜ばれるかもしれないぞ」

「そうでしょうか？」

「あぁ、娘の手作りクッキーなんだ。喜ばない親はいないぞ」

「そうだねぇ、特にケンビアとコバルトの国王は親バカだから過剰《かじょう》に反応するかもしれないわよ」

「あっ！　聖王様っ!!」

リリアがミラージュに気づいて慌ててお辞儀《じぎ》をした。

それにつられてメニア達もお辞儀をした。

「「えっ!?　聖王様っ!?」」

「別にかしこまらなくていいわよ。こんな見た目が小さな子にお辞儀するのも変でしょ？　今はプライベートで来ているのだから」

ミラージュは笑顔で言った。

それに対してメニアは緊張しながら言った。

「で、でもそうもいきませんし……。聖王様には我が国に関して大変お世話になった、と伝え聞いております」

「わが国もです。分裂する前に勇者様達が立ち寄り、我が国に潜んでいた魔王の手先を倒した、と聞いております」

　アミアも緊張しながら言った。

「そこまでは伝わっているのね。でも根本的なところが抜けているわね」

「根本的なところ？　それはどういう意味でしょうか？」

「そう、そもそもなんでコバルトとケンビアが分裂したか知ってる？」

「それはスカウド王が、嫉妬《しっと》のあまり、王になったと同時にレイス王を王家から追放したのが原因だと聞いていますが」

「それがまず間違っているのよ、私が見た限りあの兄弟の仲は悪くなかった。むしろいい方だったわ」

「「えぇっ!?」」

　メニア達は驚きの声を上げた。

「確かにレイスは優秀で評価も高かった。スカウドはレイスのことを認めていて、自分は身を引くつもりだった」

「私達が聞いていた話と全然違う……」

「じゃあ、何が原因で仲が悪くなってしまったんだ？」

「それはね、貴女《あなた》達があまり恋愛に関して上手《うま》くいってないのも少し関係があるのよ」

「どういうことですか？」

「レイスとスカウドが大ゲンカした原因、ズバリ『女関係』よ。ぶっちゃけると二股《ふたまた》かけられていたのよ」

「「……はい？」」

メニアとアミアは二人してポカンとしていた。

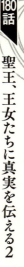

# 第180話
# 聖王、王女たちに真実を伝える2

「詳しく話すと当時スカウドには婚約者がいたんだけど、その婚約者事もあろうにレイスにも手を出しちゃったのよ。その時にあることないこと二人に吹き込んだのよ。レイスは信じなかったけど、スカウドは婚約者の言うことを徐々に信用し始めた。プラス周りの取り巻きの貴族も口々に不信感を持たせるようなことを吹き込んでいったのよ」

「なんで、その婚約者は二人の仲を悪くさせるようなことを言ったんだ？」

「その婚約者って実は魔王の手先だったのよ、王族に近づいて国を混乱させて人間国の結束を緩めようとしたらしいのよ」

「それにスカウド王はまんまと乗せられてしまった、ということか」

「そんな混乱寸前の時に私達がやって来て、その魔王の手先の正体を見抜いて倒したわ。でも、二人のこじれた関係はそう簡単に戻ることはなかった……」

そう言って、ミラージュは神妙な顔になった。

「結局ね、勿論《もちろん》婚約者が一番悪いけど、拍車をかけてしまったのは周りの貴族だったのよ。周りが余計なことを言わなければあの二人は仲のいい兄弟のままでいれたと思うわよ」

「そんな事情があったなんて知りませんでした……」

ミラージュの話を聞いたメニアは言った。

「でも、なんでそのことが公《おおやけ》にならなかったのでしょうか？」

アミアの疑問にミラージュはあくまで憶測だけど、と付け加えて、

「まぁ、このまま仲が悪い方が都合が良い輩《やから》がいたからだと思うわ、それは今も変わらないみたいね」

「えっ、両国が仲が悪い方が都合が良いという輩がいる、ということですか？」

「そういうことかしら。世の中は貴女《あなた》達が思っている以上に複雑よ。『敵は身内にいる』ということを肝《きも》に銘《めい》じておきなさい」

「私、帰ったらお父様と話してみますわ」

「私もです、今の話を聞いてこのままではいけない、と思いましたわ」

メニアとアミアは決心したような顔をして言った。

# 第181話

# 美味いか不味いかは問題ではない

「あら、なんだか良い匂《にお》いがしてきたわね」

ミラージュの話が終わった頃、香ばしい匂いがしてきた。

「あっ！　クッキーが丁度《ちょうど》焼き上がったみたい」

リリアは慌ててオーブンに向かいクッキーを取り出した。

「良かった、丁度良い焼き具合です。焦がしたら今までの努力が、水の泡《あわ》になるところでした」

各自が作ったクッキーを皿に取り分けて、テーブルに置く。

「さぁ、どうぞ。ご自分で作ったクッキーは普段食べているものとはまた違う味がしますよ」

そして、自分が作ったクッキーを王女達は頬張った。

「……あら、意外と美味《おい》しい」

「お店の味と変わりませんわ」

「う～ん、もうちょっと塩気が欲しいかしら？」

「……ん、美味しい」

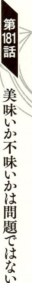

王女達の感想はそれぞれだが結構満足をしているみたいだ。

「メニア様、ちょっと一口戴《いただ》きますわ」

「あ、ちょっと！」

「あら、意外と美味しい」

「意外ってどういう意味かしらっ!?　そう言うなら私もアミア様のものを一口戴きます！」

パクッ。

「ちょっと固いですけど食べられない味ではありませんわね」

「どういう意味かしらっ!?」

「意外って言ったじゃありませんかっ！」

メニアとアミアが言い争いを始めているが何か表情が柔らかい感じがする。

「……ギスギスした感じがしない。リリアの思惑通り」

「ミネルバ様、リリア様の主旨《しゅし》がわかっていたんですか？」

「……ん」

言葉数が少ないがミネルバは一番空気を読むタイプみたいだ。

「流石《さすが》はあの『大魔導士』の血を継ぐ子ね」

「大魔導士？」

「そうよ、ミネルバは私達先代勇者パーティーの一員だった大魔導士の血筋の者よ」

ミラージュの発言に一瞬空気が固まった。

「……ぶい」

# 第182話 お茶会の後日談

「ミネルバの先祖のシュネル・トーリアは、元々トーリア国の王女だったんだけど、魔法の天才だったのよ」

「シュネルという名前は聞いたことがあります。まだ魔導士の地位が低かった時に、魔法を使いやすいように改良して、魔導士の地位の向上に貢献した、と」

そんな凄《すご》いのか……。

後でアイナに聞いたら『魔導士の間では常識だし有名人よ』と言っていた。

「だからこそ、勇者パーティーに選ばれたわけ。しかし、性格まで似ているとは思わなかったわ」

「えっ、その大魔導士もミネルバみたいなタイプだったのか」

「そう、マイペースでほんわかしていて何を考えているかわからない、だけどイザとなった時は頼りになる、そういうタイプだったわ」

「……やればできる子」

そう言って、ミネルバはVサインをした。

「……先代勇者のパーティーって、かなり個性的なメンバーだったんだな」

「わかるでしょ、当時の私の苦労が」

……うん、同情したくなったよ。


さて、まぁ色々あったがお茶会は無事にお開きとなった。

全体的には上手《うま》くいったみたいで良かった。

「無事に終了して良かったです……」

リリアはみんなが帰った後、どっと疲れたような顔をしていた。

「でも、上手くいってよかったじゃないか」

俺はリリアをねぎらった。

「これも皆さんが準備をしてくれたおかげです。本当にありがとうございました。お兄様、これで少しは成長できましたかね？」

「あぁ、したと思うよ。これだったら社交界や外交も任せられるね」

「それは勘弁してくださいっ！」

リリアは土下座《どげざ》をした。

お茶会から数日が経過し、ハノイ村にも落ち着きが戻ってきた。

そんな時、アミアから手紙が届いた。

「あのお茶会の後、国王様にクッキーを渡したそうですが、国王様は泣いて喜んだそうです。『娘から手作りのお菓子を貰《もら》える日が来るとはっ！』と言っていたそうです。そのついでにミラージュ様から聞いた話を伝えたところ、すぐにコバルト国に連絡して国王会談を行ったそうです。どうやらメニア様も手作りクッキーを渡したみたいでかなりお喜びになったそうで……」

「先祖が兄弟だから似たようなリアクションをするんだな」

「実は元々和平交渉は考えていたようなんですが、大臣やら周りから色々口出しされて、実現には至らなかったようです。それで『流石におかしい』と感じたそうで国内の貴族の調査を行ったところ、両国で反乱を起こそうと動いていた者たちがいたそうで、更に大臣や貴族達がその者達に支援をしていたことが発覚して今、大事件になっているそうです」

……歴史は繰り返されるか。

# 第183話　元勇者、王妃と話す

「今回のお茶会、かなりの上出来みたいね。リリアも成長してくれたし、やっぱりノエルの元に送って正解だったわ♪」

　俺は王妃様に呼び出され、城に来ている。

「しかも、ケンビアとコバルトも良い方向へと向かっているみたいだし、外交としても申し分はないわ」

「こういう結果になるって知っていたんじゃないのか？」

「いいえ、まぁ穏やかに進めてくれれば良かったのよ、最初から結果を出すなんて難しいわよ。私もそこまで鬼じゃないんだから」

「そういえば、メニア姫の婚約の件知ってる？」

「あぁ、何か浮気されたとかいう話だったよな」

「実は、その婚約者の一族、反乱を起こそうとしたグループと繫《つな》がっていたことが発覚したそうよ」

「私の元にも手紙が来てね、そこに書いてあったんだけど。メニア姫ブチギレてその元婚約者のことをフルボッコにしたそうよ」

「マジかっ!?」

「気は強そうだったけどそんなタイプには見えなかったけどな」

「知らなかったの？　メニア姫はリリアと同じくらい剣術の腕があるのよ」

「えっ!?　でもリリアのこと、『姫が剣術なんて』って馬鹿にしていた、と聞いたぞ」

「それは多分誰かから言われたんでしょうね、一時期やめていたらしいんだけど、今回のことで復活したみたいで、自ら先陣を切って悪党どもを取り締まっているみたいよ」

そうなのか……。

多分、それがメニアの本来の姿なんだろうな。

更に一カ月後、ケンビアとコバルトは共同で和平宣言を出した。

これからは手を取り合い、お互いの国の発展の為に協力していく、と発表した。

そこには気まずそうに握手をするアミアとメニアの姿もあった。

更に今回の和平は、リリアのお茶会がきっかけになったことも報道で伝えられ、リリアの評価もグンと上がった。

リリア本人は頭を抱えていたけどな。

「ハードルが上がりすぎですよ、お茶会の招待状がたくさん来るようになっちゃって……」

因《ちな》みにだがお茶会の内容も『手作りのお菓子を出す』ことが主流になったみたいで、各国の王女の間ではお菓子作りがブームになっているらしい。

# 第184話　元勇者、カインの近況を知る

とある日、仕事の合間にリリアと共にカインの様子を見に鉱山へとやって来た。

「ノエル様も物好きですね、自分を嵌《は》めた人間の様子を見に行くなんて……」

「まぁ、もう過ぎたことだからな、それに本人も反省しているしなぁ……」

鉱山の入り口で受付を済まし、鉱山の事務所の中にある面談室に入る。

待って数分後。扉が開き、カインが監視員に連れ添われて入ってきた。

……何故か、包帯姿で。

「カイン、どうしたんだ？　その怪我《けが》は……。喧嘩《けんか》でもしたのか？」

腕とか頭とかに包帯をして、顔も若干《じゃっかん》だが腫《は》れている。

「あぁ……、これは自業自得《じごうじとく》なんだ。『姉上』が来て……」

「姉上って……、確か他国の貴族に嫁《とつ》いだ、っていう？」

「あぁ、ミレット達から聞いたのか……、数日前にいきなりやって来てボッコボコにされた……。『あれほど王太子だからって調子に乗るなって言ったでしょうが!!』、『国民のことをち

ゃんと考えていたのかっ!!』とありがたい言葉と共に……」

なんか疲れたような笑顔をしているカイン。

「でも、なんで来たんだ?」

「俺の身元引受人として引き取りに来た。これからは、姉上の元で下働きをすることになった」

「あぁ、そういえば身元引受人がいるのと更生する意志があると、鉱山から釈放される場合があるんですよね」

まぁ、流石《さすが》にずっと鉱山暮らしというのも酷《こく》だろうしなぁ……。

「まぁ、姉上の元での生活もかなり厳しいことになるだろう。姉上はお袋同様厳しい人だからな」

どんなに強烈な性格をしているんだろうか……。

# 第185話　元勇者、レバニアの元姫と会う

鉱山を出てそのままレバニアの王都にやってきた俺達は、ガッシュ将軍に会いに来た。

「リンダ殿でしたらつい最近来られましてな、謝罪を受けましたよ。『うちの愚父《ぐふ》と愚弟《ぐてい》がご迷惑をかけてすいません。愚弟は私が責任を持って根性を叩き直しますので』と言われていましたよ」

ガッシュ将軍がそう言って、豪快に笑った。

「将軍は会ったことがあるのか？」

「幼い頃から知っております。武芸に関しても一流、勿論《もちろん》王族としての立ち居振る舞いも一流、中には女王として推す声もありましたが、本人が全《まつた》く興味がなくあっさりと嫁《とつ》いでしまわれて勿体《もったい》ない話でした。もし、リンダ様が女王になっていたら、きっとこの国は違ったんでしょうな」

ガッシュ将軍がここまでべた褒めする、ということはかなりの人物なんだな。

「ノエル殿にも会いたがっていましたぞ、『ぜひ挨拶《あいさつ》したい』とおっしゃっていたので近日中

に村に来られるかもしれませんぞ」

そうかぁ、ミレット達のこともあるから一度は顔を合わせないとダメだよな。

しかし、聞いただけだと、なんかいきなり『一戦交えたい！』とか言われそうなんだよ……。

レバニアの王都を出て、ハノイ村に戻る途中の山道で、立ち往生《おうじょう》した馬車の前で男性がキョロキョロとしているのを見つけた。

「誰かいますね……、馬車が壊れてしまったんでしょうか？」

「声をかけてみるか」

俺達は馬車に近づき、男性に声をかけた。

「どうかしましたか？」

「ええ、実は馬車の車輪がはずれてしまって……、この先にあるハノイ村に用があってきたんですが」

身なりの良い男性が困ったような顔をしていた。

「俺達はハノイ村の住人なんですが、よかったら一緒にどうでしょうか？」

「本当ですかっ!?　それはありがたい。ちょっと待ってください、馬車の中に妻がいますので……、リンダ！」

え、リンダ？

男性の言葉に、馬車の扉が開き、女性が出てきた。

「どうかしましたか？」

「この方が村まで連れていってくれるそうだ」

「本当ですか、ご迷惑をかけて申し訳ありません」

そう言って、女性は頭を下げた。

女性は二十代ぐらいで見た目おしとやかな感じがする。

「いえいえ、困った人がいたら助け合うのが当然ですから、俺はノエルと言います」

「私はリリアと言います」

「えっ!? ノエル様って……、もしかして勇者様ですかっ!? それにリリア様というのはシュヴィアの王女様ですかっ!?」

「ええ、元ですけど」

「私の事もご存じなのですか？」

「勿論ですとも、私リンダ・カーネバースと申します。こちらは夫のエレンです」

「エレンと申します。いやぁ、勇者様にお会いできるとは」

「俺はそんな大した人間ではありませんよ、貴女《あなた》がキャミー達のお姉さんですか」

「ええそうです、ミレットとキャミーがお世話になっております」

そう言ってリンダは頭を下げた。

この時、俺とリリアが思っていたことは一緒だった。

（思っていたのと違う！）

上品な感じのリンダは、ガッシュ将軍やカインから聞いた話のイメージとは全く違っていた。

まぁ、ひょっとしたら本性を隠しているのか、それとも周りの話が大げさなのかわからないが……。

その素顔は村に戻ってからすぐにわかることになる。

# 第186話　元王族の長女、久々に家族と再会する

　それから数分後、俺達は村へと戻ってきた。

「ノエル様、お帰りなさい……、って姉上っ⁉」

「ミレット、お久しぶりです」

「ちょ、ちょっと待っていてください。キャミーを呼んでくるのでっ！」

　そう言って、ミレットは慌てて家を飛び出した。

　数分後にミレットはキャミーを連れて戻ってきた。

「お姉様！　お久しぶりです」

「キャミー、元気だった？」

「はい、見ての通りです！」

　キャミーは姉との再会が嬉しかったのか、笑顔で返事をした。

「ミレットもだいぶ成長したみたいで良かったわ」

「はい、兄上や父上にはだいぶ悩まされましたが、ハノイ村に来てからはストレスフリーな生

活をしております」

「そうなの。二人とも、元気そうで良かったわ。本当はすぐにでも駆けつけたかったんだけど、こちらも色々と事情があって今日になっちゃったのよ」

「そんなっ！　お姉様も忙しい身でしょうし、私達もちゃんとこうして暮らしております」

「そうみたいね、ノエル様。二人を保護して頂きありがとうございます」

リンダは深々と頭を下げた。

「いやいや、二人には村の運営とかで助けてもらっていますよ」

お世辞《せじ》じゃなくて、本当に二人にはお世話になっている。

「リンダ、良かったね。ずっと心配していたからね。こっちに事態が伝わるのが遅くて、分かった時は凄《すご》かったよ……」

「エレン様、やっぱり姉上は暴れましたか？」

「あぁ……、剣を持って今にも飛び出していきそうで抑えるのが大変だったよ。うちはうちで色々問題を抱えていて漸《ようや》く解決できて来られたんだ」

「問題って？」

「エレンの親戚《しんせき》との折り合いが悪かったんです。いちいち私のやることに難癖《なんくせ》をつけてきて……、おかげでストレスがたまる一方で……」

「お姉様は体を動かさないとダメですものね」

そう言って、キャミーは苦笑いをしていた。
なんとなくだが俺は会話を聞きながら、リンダの人となりがわかったような気がした。

# 第187話 リンダが嫁いだ理由

「そういえば、なんでリンダはカーネバース家に嫁いだんだ？　普通、王族だったら他国の王族だったりと結婚すると思うんだが？　カーネバース家は王族なのか？」

「いえいえ、うちは貧乏な伯爵家で王族との繋《つな》がりなんて全くなく、どちらかというと贅沢《ぜいたく》しなければ生活できるくらいのレベルなんです」

エレンがそう言って苦笑いした。

「色々偶然が重なったのよ。当初私は公爵家の令息と婚約していたんです。エレンはその公爵家と関係があったんです」

「関係というかただの取り巻きの一人ですよ」

「ですが、その話はなくなってしまったんです。婚約者が別の令嬢と駆け落ちしてしまったんですよ」

「はぁっ!?　駆け落ちぃっ!?」

思わず素《す》っ頓狂《とんきょう》な声を出してしまった。

「ええ、しかも結婚式直前で。よく聞く『真実の愛に目覚めた』とかいうやつですよ。おかげでとんだ恥《はじ》をかかされたわ」

「それって二人も現場にいたのか？」

「僕やキャミーは幼かったので明確に覚えていませんが姉上が、呆然《ぼうぜん》となっていたのは覚えています」

「カインお兄様はそれを見て指を差して笑って、後でお母様とリンダお姉様の二人に袋叩きにされていましたわ」

……どうして、火に油を注ぐことをするのかね。

「勿論《もちろん》、私もその現場にいましてね、当時の私はその公爵令息が『あんな怖い女と結婚なんてしたくない』と愚痴《ぐち》っていたのは知っていたんです。ですが、結婚式当日に駆け落ちするなんて思ってもいませんでした……。その後リンダがベランダで泣いていたのを見かけて声をかけたんです。それがきっかけで次第に仲良くなっていきまして、暫《しばら》くしてプロポーズをしたんです」

そりゃあ傷ついた直後に優しい言葉をかけられたら落ちるよな。

「エレンのことはもちろん知っていましたが、あくまで元婚約者の取り巻きの一人としか認識しておりませんでしたが……、『この方とだったら一緒に人生を歩める』と思ったのです。ですからプロポーズをお受けしたんです」

「でも、両親は反対したんじゃないか?」

「いいえ、意外と賛成してくれました。お父様からしたら私を早く嫁に出したかったみたいですし、お母様はエレンのことは前から気に入っていたみたいなんです。それで私はエレンの家に入ることになったんです」

# 第188話 紆余曲折があったみたいで

「周りの反応はどうだったんだ？　いきなり王女をお嫁に貰《もら》うなんて迎える側からしたら大変なことじゃないか？」

「ええ、大変でしたよ。でも、両親は賛成してくれました。一部の親族からは『公爵家からにらまれる』と反対の声が出たんですが、両親が抑えてくれました。でも、まぁ色々大変なこともありましたね」

「エレンは伯爵家の次男でしたから、国の軍隊に所属することになったんですが、いきなり僻《へき》地《ち》に追いやられて散々な目に遭《あ》いました」

「いや、リンダは魔物狩りができる、って楽しんでいたじゃないか……」

「姉上らしいですね」

「ぶっちゃけ、体がうずいていたのよね。豪華なドレスを着ているより、私には血沸き肉躍るような戦士や騎士としての生活が似合っていたのよ」

なんとも武道派のお姫様がいたものだな……。

「リンダのおかげで武勲もあげられまして、僻地生活も一年で終わって王都に戻ってこられたのですが、今度は我が家の後継者問題が待っていまして……」

「どんな問題があったんだ？」

「本来、跡を継ぐはずだった兄が家出してしまったんです」

俺は思わず噴き出してしまった。

リリアも頭をゴンッと机に打ち付けるし……。

「『俺は自由になりたい』と書き置きを残して出ていってしまったんです。それで僕が跡を継ぐことになったんです。それからはリンダも手伝ってくれて、今では昔よりも落ちついて暮らしています」

結果的には幸せになれたのであればよかったんじゃないか、と思う。

# 第189話　元勇者、ルーシェに会わせる

「そういえば……、『あのこと』は知っているのか？」

俺はリンダに聞いてみた。

「あのこと？」

『あのこと』というのはルーシェのことだ。

ステラとカインの子供であり、現在孤児院で暮らしている女の子だ。

この様子だと知らないみたいだ。

「実は……」

俺はルーシェのことを伝えた。

リンダは驚いたような顔をしていたが、

「ぜひ会いたいわ、私にとっては姪《めい》っこなんですから」

笑顔で言ってくれた。

「お姉様、言っておきますが、ルーシェは私の妹みたいな存在ですからね」

EX-BRAVE WANTS A QUIET LIFE

「貴女《あなた》、妹か弟が欲しい、って言っていたわよね」

俺達はリンダ達を孤児院に案内した。

「お～い、ルーシェ」

「あっ！　村長さんっ!!　キャミーお姉ちゃんも♪」

ルーシェが元気よく駆け寄ってきた。

最初は遠慮《えんりよ》がちな性格だったが、今では活発な性格になり子供達のリーダー格だ。

「今日は何かご用ですか？」

シンシアが声をかけてきた。

俺はリンダを紹介した。

「そうですか、ルーシェ。お客様にご挨拶《あいさつ》を」

「はいっ！　はじめまして、ルーシェっていいます!!」

ニッコリ笑うルーシェの頭をリンダは撫《な》でる。

「はじめまして、私はリンダっていうのよ。キャミーのお姉さんよ。元気に挨拶が出来て偉いわね」

「キャミーお姉ちゃんのお姉ちゃん？」

「そうよ、だから私もお姉ちゃんって呼んでいいのよ」

「ちょっ!?　お姉様、何言っているのですかっ!?」

「だって、キャミーがお姉ちゃんと呼ばれているのなら、私にも呼ばれる権利はあるわよ」

「いくらお姉様でもルーシェの姉の立場は譲《ゆず》りませんよっ!?」

……なんでこんなところで姉妹喧嘩《げんか》が勃発《ぼっぱつ》してるんだよ。

「リンダは子供が好きだからね」

「そういえば子供はいるのか？」

「いますよ。娘と息子が二人、リンダに似て可愛《かわい》いですよ」

因《ちな》みにシンシアがしびれを切らして、一発撃つまでキャミーとリンダの喧嘩は収まらなかった。

# 第190話 元勇者、行き倒れを助ける

その後、ルーシェと色々話したリンダは満足気だった。

「うちの愚弟《ぐてい》の子供なのに、凄《すご》く真っ直ぐ育ってくれていて安心したわ。あのまま素直に育ってくれれば良いいんだけど」

「そこは俺達がちゃんと見るよ」

「そうそう、安心してよお姉ちゃん」

「そうね、貴女達の様子を見てれば大丈夫みたいね」

翌日、リンダとエレンは帰っていった。

「何事もなく終わって良かったですね」

「そう毎回トラブルがあったらこの身が持たないよ……」

皮肉じゃなくて間違いなく本音だ。

そんな俺の思いは空《むな》しく次のトラブルは既に迫っていた……。

数週間経ったある日のこと、サラと共に村の近辺のパトロールをしていた時だ。

「ノエル、誰か倒れていないか？」

誰かが道端に倒れているのを発見した。

俺達は直ぐに駆け寄った。

「おいっ！　大丈夫かっ!?」

「うぅ……、ちょっと目眩《めまい》がしたんで」

「サラ、悪いけど救援を頼む」

「わかった！」

「すぐに助けるから安心しろっ！」

「す、すまない……。ここまで飲まず食わずで来たから……」

数分後にリリアとシュバルツがやって来た。

「この方が倒れていた方ですか？」

「そうだ、悪いけど村まで送ってくれ」

「わかりました、歩けますか？」

「あ、あぁ……」

リリアが男の顔を見た瞬間、固まった。

「……お兄様？」

「えっ、あぁっ!?　あ、兄上じゃありませんかっ!?」

……え？　兄上？

この男がシュバルツとリリアの兄？

っていうことは例の冒険者をやっている次兄か？

# 第191話　元勇者、元王子の話を聞く

「まさかあそこで倒れるとは思っていなかったよ……」

あれからすぐに行き倒れていた人物ローニー・シュヴィアを村に連れていき、すぐに食事を用意すると勢いよく食べ始めた。

そして、元気を取り戻した。

「しかし、飲まず食わずで過ごすなんて……、相変わらず無茶ですよ、兄上」

「はは、申し訳ない……」

「そうですよ!!　全《まった》く連絡もくれないで私達がどれだけ心配していた、と思っていたんですか!?」

「シュバルツ、リリア。心配かけてすまなかった。でも、母上や父上には定期的に手紙は出していたんだけどなぁ」

「「えぇッ!?」」

二人とも知らなかったみたいで驚きの声を上げていた。

「あれ？　知らなかった？　俺は母上から『冒険者をやるのは良いけどちゃんと無事かどうかの連絡だけはよこしなさい』と言われたんだけど」

「全然、聞いてないですよっ!?　今、知りましたっ！」

後で王妃様に聞いたら、『親として子供の無事を心配するのは当たり前』とのこと。

シュバルツとリリアに教えなかった理由は『二人に王族としての役割を自覚してほしいから。あと面白そうだったから』ということらしい……。

最初の理由はわかるが、後の理由がなぁ……。

「改めてだけど、この村の村長兼領主をやっているノエルだ」

「ローニー・シュヴィアです。二人がお世話になっていることは母上からの手紙で聞いています」

「一つ聞きたいんだが、なんで国を飛び出して旅に出たんだ？」

「いやぁ、ぶっちゃけると城内にいても居場所がないんですよ。優秀な兄弟と比べると俺なんて普通ですからね。だから、国王になる資質なんてもっていないんですよ。お荷物になるぐらいだったら旅に出て見聞を広めようと思ったんです」

「何を言っているのですか!?　ローニー兄上は学校でも優秀な成績を上げていたじゃないですか!?」

「その成績よりも優秀なのがシュバルツだろ？　リリアも俺よりも強いじゃないか。剣術の練習でリリアに負けた時、心がポッキリと折れたよ」

「そ、そんなぁ」

「俺が精神的に弱かっただけだ。リリアが気にすることではないよ」

そう言ってほほ笑むローニー、リリアは泣きそうになっている。

# 第192話 元王子、衝撃告白する

「それで……、今回はどうして此処《ここ》に来たんだ？」

「あぁ、実はね父上から呼び出しを喰らったんだ。『大事な話があるから一回シュヴィアに戻ってこい』と」

「大事な話？　そんなの聞いてないですよ」

「私もです」

シュバルツもリリアも全く見当がつかない、みたいだ。

「まぁ、俺も父上達に報告しないといけないことがあるから、丁度《ちょうど》いいと思ってこうして帰ってきたんだ」

「報告しないといけないこと？」

「あぁ、俺三年前に結婚したんだよ」

「「……はい？」」

シュバルツとリリアは固まった。

EX-BRAVE WANTS A QUIET LIFE

「子供もいるよ。双子の女の子で、名前はライアとユイカというんだ。凄《すご》くかわいいんだよ♪」

「ちょ、ちょっと待ってくださいっ!!　情報が追い付いてこないんですけどっ!?」

「そもそも相手は誰なんですかっ!?」

「旅先で出会った村の女の子だよ、今回みたいに腹が減って倒れた時に介抱してくれて。特に料理が美味《うま》くてさぁ、やっぱり胃を掴《つか》まれたね」

「仮にも王族だろ？　庶民《しょみん》の女性と結婚して大丈夫なのか？」

「俺の事情もちゃんと話してあるし、俺は王族に復帰するつもりはないから、特に大きな問題はないよ。ただ、やっぱり父上達には会わせないといけないな、と思っていたから良いタイミングだったよ」

「それって国王達は知っているのか？」

「勿論《もちろん》、報告したよ。でも会わせる機会がなかったから良い機会だと思って、今シュヴィアに向かっているよ」

「一緒に来れば良かったんじゃないか？」

「それも考えたんだけどね、奥さんも子供達も村の外から出たことがないから、折角だから色々見て回りたい、って言うから」

　なんていうか、色々突っ込みたい部分があるんだが……。

　因《ちな》みにシュバルツとリリアは頭を抱えていたよ。

# 第193話　元勇者、シュヴィア王家の家族会議に立ち会う

そんな騒ぎがあった翌日、シュヴィア城に呼び出された。

「久しぶりだな、ローニー。元気そうで何よりだ」

「お久しぶりです、父上母上。妻たちも明日には来ますので」

大広間には王族の面々が勢ぞろいしていた。

なんで、俺がこんなところにいるのだろうか……、っていうか、いてもいいのだろうか？

「手紙ではやり取りしていたけど……、一家の主になるなんて意外だったわね。幸せそうで何よりだけど」

「わかりますか、母上」

「そりゃあ、わかるわよ。顔に書いてあるわよ」

そう言って、ニコニコしている王妃様、それと対象的にシュバルツとリリアは不満げである。

「……母上も父上もひどいですよ。どうして連絡していたことを教えてくれなかったんですか？」

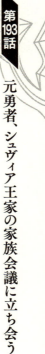

「いやぁ、ローニーはすでに籍を抜いているわけだし貴方達に教える義務はない、と思ったから」

「それでも生きているかどうかぐらいは教えてくれてもいいじゃないですか……」

「教えようにもなかなか時間が出来なかったんだよ。そういう話題も出にくかったからなぁ」

まぁ、タイミングが合わなかった、っていうことか。

「さて、今回集まってもらったのは他でもない、これからのことについてだ」

この一言で空気が変わった。一気に緊張感が漂う。

「以前、長男が王太子をしていたが知っている通り残念な結果になってしまい、それ以降王太子を置いていなかった。しかし、流石《さすが》にそろそろ王太子を決めなければならない時期にある」

そういえば、王太子の話は聞いたことがなかったな。

「それで、王太子だが……。シュバルツ、お前にやってもらう」

「わ、私ですか？」

「ええ、っていうか直属で血を引いているのは貴方だけなんだから」

「まぁ、わかっていましたが……」

「近日中に公《おおやけ》に発表する。そして儂《わし》達は一年後に退位することにする」

「退位する、ってその後どうするんですか？」

「儂達は隠居《いんきょ》しようと思う。その隠居先はノエル殿の村にしようと思っている」

# 第194話 シュバルツ、外堀が埋められていく

「う、うちの村にですか？」

俺は恐る恐る聞いてみる。

「うむ、自然豊かで魅力的だからな」

「私も一目で気に入ったわ。あそこをずっと放置していた旧レバニア王族の気がしれないわ」

国王も王妃様もノリノリだ。

「あの、お言葉を返すようですが、母上はともかく父上は大丈夫なんでしょうか？　父上があいう田舎《いなか》で暮らしていけるとは思えないんですが」

シュバルツの不安も確かだ。

「何を言っておるか、若い頃は騎士団に所属して色んなところに出向いたものだ」

そう言って、豪快に笑う国王。

「それと、シュバルツ。国王就任と同時にアンジェ嬢と正式に結婚する」

「マジですかっ!?」

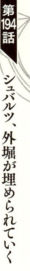

遂に年貢の納め時、っていうやつだな。

「ええ、この話はアンジェにも既に通達済みよ。それでアンジェにはシュバルツと一緒に生活してもらうわ」

「はいぃっ!?」

「急速にお兄様の外堀が埋められていきますね……」

「そうだなぁ……」

シュバルツは何処《どこ》か遠くを見ている眼をしていた。

「重要なお話はこれで終わり。で、シュバルツ？　さっきの『母上はともかく』という部分に関して色々聞きたいことがあるんだけど？」

王妃様の黒い笑顔にシュバルツは『しまった！』という顔をしたが時すでに遅し。

シュバルツは王妃様にドナドナされていきましたとさ。

「……ということになった」

「国王様と王妃様が移住、ですか。また騒ぎが大きくなりそうですね」

村に帰ってきた俺は、みんなに報告をした。

「そうだなぁ、まぁ来る者拒《こば》まずがこの村のモットーだからな。その時が来たらみんなもまた協力してくれ」

そう言って頭を下げた。
因みにシュバルツは、ボロボロになって戻ってきた。

## 第195話　アンジェが村にやってきた

EX-BRAVE WANTS A QUIET LIFE

それから数日後、荷物を持ってアンジェがやって来た。

「貴族のお嬢様にこんな田舎は似合わないと思うけどよろしく頼むな」

「こちらこそよろしくお願いします。でも、私の生まれ育った場所も似たようなところなので懐かしいです」

「そうなのか、じゃあすぐに馴染《なじ》むだろう」

当然だがシュバルツと一緒の家に住むことになる。

まぁ、シュバルツのぎこちないこと。

明らかに女性の扱いには慣れていないみたいだ。

「シュウは真面目《まじめ》すぎるからね、女性の免疫《めんえき》がないんだよ」

そう言ってローニーが苦笑いしている。

ローニーは暫《しばら》くわが村に滞在することになった。

兄弟そろって過ごすのは久しぶりらしい。

「シュウってシュバルツのことか？」

「そう、リリアはリリーって愛称をつけて呼んでいるんだ」

流石《さすが》は兄弟だよな。

「まぁ、うちの長兄が大失敗しているから、余計に慎重になっちゃうんだよ」

「あぁ、その話も聞いたが、かなりの修羅場《しゅらば》だったみたいだな」

「修羅場っていうかアンジェの独壇場《どくだんじょう》っていうか……、女性を敵に回すのがどれだけ怖いことかわかったよ」

「長兄も馬鹿なんですよ。王太子だから、って調子にのっちゃって……」

リリアが当時を思い出したみたいで、呆《あき》れた感じで言う。

# 幕間23　サラ



私、サラがノエルと出会い、この村にやって来て一年とちょっとになる。

彼と出会ったことで私の人生は大きく変わった。

魔王軍の幹部だった私が陰謀により奴隷《どれい》に堕《お》とされてからは、闇の中をずっとさまよい続けてきた。

そんな中、魔王が倒され残党狩りの噂《うわさ》を聞き、この身一つで貴族の屋敷を逃げ出し、山の中に籠《こ》もっていた私は不注意で毒キノコを食べてしまい、苦しんでいた時に出会ったのがノエルだった。

最初勇者と聞いた時は警戒もしたが藁《わら》をもつかむ思いで彼に頼ることにした。

ずっと戦いの中で生きてきた私にとって、この村での生活は新鮮であり常に発見の日々だった。

これがスローライフというものなんだな、と思った。

段々と人が増えていくうちにこの村も発展していった。

EX-BRAVE WANTS A QUIET LIFE

まぁ、その殆《ほとん》どが『訳あり』の人物で、その事情に共感してしまう。

種族関係なく生きている者はみんな傷を持っているんだなぁ、と考えれば当たり前のことなんだが、そう思ってしまう。

「……と、まぁこういう感じだ。参考になったか？」

「えぇ、サラさんがこの村で一番長いということでしたので、話を聞いたんですが……、本当にノエルさんと出会って良かったですね」

「そうだな、時を間違えば敵として出会っていたかもしれないからなぁ。運命というのは本当にわからないものだ」

アンジェから話が聞きたいと言われ、私はこの村に来た時のことを話していた。

「それで、ノエルさんのことは好きではないんですか？」

「なぁっ!?」

アンジェからそんな指摘を受け、私の顔は真っ赤になってしまった。

「そ、それは……、まぁ異性として意識することもたまにはあるが……、その私が彼の横にいてもいいだろうか、と思ってしまうところもあるし……」

「本当に好きだったら行動あるのみだと思いますよ、私は。それにノエルさんは貴族の女性に結構人気があるんですよ。この村での出来事は王都でも噂になっていますし……、ご本人は気づいていませんが」

マジか……。

確かにカッコいいし人気はあるんだろうな。

し、しかしいきなり異性として意識するのもどうかと思うし……。

「今のところ、ノエルさんは恋愛とか興味なさそうですから問題はない、と思いますけど……。

将来のことはわかりませんからね」

そ、そうだよな。

この胸の高鳴りはもしかしたら『恋』というものかもしれない。

いつか、この思いを自然と口に出せる日まで、胸にしまっておこう。

今はただノエルの横にいられるだけで満足なのだから……。

# 第196話　元勇者の恋愛観

「……なんだこれ?」

リリアの机の上にある積み上がったものを見て、俺はリリアに疑問を投げ掛けた。

「お見合いの写真ですよ。年に一回纏《まと》めて来るんですよ。憂鬱《ゆううつ》ですよ」

そう言って溜め息を吐くリリア。

「王女様、っていうのも大変だなぁ」

「貴族同士とか国同士の繋《つな》がりとか色々複雑なんです。特に私なんて後がありませんから。前に婚約破棄《はき》されているんで」

……自分で言えるということはもう気にしてはいない、ということだな。

もう、心の整理は出来たみたいだ。

「私は出来ればお見合いより恋愛して結婚したいんです」

「珍しいな、なんでだ?」

「父上と母上が恋愛結婚だったんですよ。一緒の部隊で寝食を共にして徐々に距離を縮めていったそうです」

……それは恋愛といえるのか？

「ノエル様こそ、そろそろ恋人を作られないのですか？」

「う〜ん……、あんまり考えたことないな。正直恋人を作ろうなんて、思ったことないんだよなぁ」

「それはもしかしてトラウマになるような出来事があったんじゃないですか？」

トラウマ……、か。

「あぁ、あったな。仲間だと思っていた奴らに見捨てられたことが」

「す、すいませんっ！　嫌なことを思い出させてしまって」

「まぁ、いいよ、過ぎたことだし」

そう言って、俺は笑った。

しかし、俺に恋なんてできるのだろうか？

まぁ、いずれは恋人ができるんだろうな。

そんな日が果たして来るのだろうか。

今は村の発展の為に頑張りますか。

# 第197話　元勇者、考える

EX-BRAVE WANTS A QUIET LIFE

「ノエル様、領内で野獣の被害が増えているそうです」

リリアから報告を受けた。

「ここら辺は見かけないが、新しくうちに編入した領地の方には出没しているらしいな。ギルドに要請するか」

領地が広くなってから陳情《ちんじょう》とか要請とか色々増えて、俺の日々は忙しくなっている。

正直休む暇もないぐらいだ。

書類との格闘や近隣の領主との面談やら会議やら……。

目が回るとは正にこのことだ。

「うぅ……、疲れる」

「あまり無茶するなよ、ほらコーヒーだ」

「ありがとうな、サラ」

俺はサラからコーヒーを受け取り、飲む。

「しかし、本当に変わってきたな、この村も。最初は私とノエルだけだったのにな」

「そうだなぁ、最初はひっそりと一人暮らしをしよう、と思ったんだけどな」

計画がかなり変わったのは事実だ。

「まぁ、こういう忙しさも悪くはないんだけどな、やっぱり頼られるのは嬉しいからな」

「だからといって体を壊しては意味がないぞ。ノエルはこの村いやこの世界になくてはならない人物だからな」

「買いかぶりすぎだよ、それは」

俺は苦笑いをしながらコーヒーを飲む。

まぁ、勇者になった時点で覚悟はしていたけどな。

# 第198話　元勇者、魔王に頼まれる

ある日、アリスがやって来た。

「久しぶりだな、魔族領も忙しいのか？」

「あぁ、でもだいぶ落ち着いてきた。それで、実はノエルに頼みたいことがある」

「頼みたいこと？」

「実は各人間国と魔族との本格的な交流をさせたいと思っていて、そのテストとしてこの村に魔族の者を移住させたい、と思っているんだ」

「移住？　うちは全然ＯＫだけど大丈夫なのか、魔族領と人間国では環境が違うだろうし」

「でも、この村には魔族の子供達が住んでいるじゃないか。最初は戸惑うだろうが徐々に環境に慣れれば問題ないと思う」

「しかし、移住者はいるのか？　つい最近まで敵だった者のところに住むなんて抵抗とかする奴がいるんじゃないか？」

「それは人間だって同じじゃないか。勿論《もちろん》、未だに人間と敵対している輩《やから》もいる。それは肯定もしないし否定もしない。色々考えもあるわけだし、それを頭ごなしに否定してもしょうがない。でも、我々は人間のことをあまり知らないし、人間達も魔族のことを知らないだろう。お互いを知らずにいるのは損だと私は思う」

アリスの発言に俺は、うぅむと唸《うな》ってしまった。

確かにお互いのことを知らずに関係を改善していこう、なんていうのは無理な話だ。

「わかった、その話を受け入れよう」

こうして、この村に魔族が住むことになった。

EX-BRAVE WANTS A QUIET LIFE

# 第199話　元勇者、受け入れ態勢を整える

「……というわけで魔族を受け入れることになった」

俺はアリスとの話をみんなに報告した。

「それはありがたい話ですよ。我々としてもこれからどう魔族と付き合っていこうか、悩んでいたんですよ。まだまだ魔族に対して抵抗がある者もいますから」

確かに抵抗があるのも否《いな》めないが、しかし、この流れに逆らうのは損だと思う。

それに互いを理解する時間はたっぷりあるから別に急がなくても良い。

「それで、サラに魔族と人間との橋渡し役をやってもらいたいんだが頼めるか?」

「別に構わないぞ。私ができることだったらなんでもやろう」

「それじゃあ家も作らないといけませんね。普通の家で良いんでしょうか?」

「中には森や川などを住みかにしている種族もいる。いきなり人間と同じ住居に住まわせるのはストレスになりかねない」

「なるほど……」

「事前にアリスにどんな種族が来るか聞いておかないとダメだな」

「これはこの世界の関係を変える大きなチャンスになるかもしれませんからね。念には念を入れないといけません」

リリアにそう言われて、俺は『あれ？　安請《やすう》け合《あ》いしたけどもしかしてかなりの大事になってる？』と内心思っていたが、口には出さなかった。

俺以上にみんなの気合いが入っているから……。

# 幕間24　アリスの想い

此処《ここ》は魔族領にあるアリスの屋敷。

魔王城はすでに崩壊しているので、アリスは屋敷を造り、そこで執務を行っていた。

「人間領に移住したい魔族のリストは出来てる？」

「はい、此方《こちら》にございます」

そう言って、秘書がアリスに書類を渡してきた。

「うん、やっぱり若い人が多いわね」

「ええ、今の若い魔族はアリス様の考えに賛同している者が多いですから」

「ここまで来るのに苦労したわね……」

アリスが新たな魔王になり、再び人間との戦争を望む声もあった。

しかし、アリスは大きな方向転換をした。

戦争ではなく共存の道を選んだのだ。

不満の声も出たが、アリスは『まずは現在の魔族領の立て直しが優先』と突っぱねた。

実際、長年の人間族との戦争で魔族領は深刻な被害を受けていた。

このまま人間族と戦っていても魔族にはなんにも得がない。

そこでアリスは人間との共存を選択したのだ。

このことをアリスは根気よく説明した。

絶対権力を持つ魔王なので別に説得する必要はないのだが、アリスはあえて説明をした。

「おかげで徐々に理解をしてくれる者も出てきたし……」

「しかし、何故アリス様はあえて困難な道を選んだのですか？」

「私ね、暴力で人は支配できない、と思うのよ。話し合うことが一番大事で、それが出来なくなってから初めて実力行使に出ても良いと思うの」

「やはり、ご家族のことが……」

「そうね、お兄様達には『出来損《できそこ》ない』と言われて暴力を受けて……、でもお兄様達が亡くなって私が魔王になるんだから皮肉なものよね。一番魔王に相応《ふさわ》しくない私が魔王になってしまうんだから」

そう言って、アリスは苦笑いをする。

「そんなことはない、と思います。アリス様が新しい魔王像を作ればいいのです。『心の優しい魔王』を」

「そうよね、優しい魔王がいてもいいよね。よしっ！　頑張らないと、って、お茶熱ぅっ!?

私、ぬるいのにして、って言ったよね!?　猫舌だ、って何回も言ってるよねっ!?」

「あら、熱かったですか。私にはちょうど良かったんですが」

「自分基準で考えるのやめてっ!!」

このやり取りも、この屋敷でのいつもの光景である。

# 第200話　元勇者、移住者たちを受け入れる

あれから数週間後、アリスが移住者達を連れてやって来た。

メンバーは少年少女で角《つの》をはやしていたり、牙をはやしていたりと多少違うところはあるが、見た目は人とそれほど違いはない。

「俺がこの村の村長のノエルだ。わからないことがあったらなんでも聞いてくれ」

俺はニッコリと挨拶《あいさつ》をした。

「ヨ、ヨロシク……オネガイシマス」

代表者の少年が、片言の人語で挨拶をしてお辞儀《じぎ》した。

「ちゃんと挨拶できるのか、それも人語も喋《しゃべ》れるなんて」

「ちゃんと私が指導したからね」

アリスが胸を張って自信満々に言った。

「ええ、人語のテキストを買ってきて、頭から煙が出るぐらいに頑張っておられました」

「だ〜か〜ら〜っ!!　そういう余計なこと言うのは止めてっ!!」

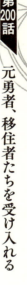

「アリス様の努力を皆様に教えないと」

「恥ずかしいからっ!?」

この二人のやり取り見てると空気が和《なご》むんだよなぁ。

魔族の子供達も笑っているみたいだ。

うん、やっぱり緊張をしていたんだな。

「今夜は歓迎会をする予定だ。それまで村を案内をしよう。サラ、案内をよろしく頼む」

「わかった、さぁ私の後についてきてくれ」

サラは子供たちを連れていった。

「しかし、随分《ずいぶん》と若い奴ばっかりだな」

「うん、今回は一種の救命措置《そち》みたいなものだから」

「どういう意味だ?」

「あの子達、住んでいた村で迫害を受けていたのよ」

アリス曰《いわ》く、今回の移住者たちはちょっと特殊な生まれをしてしまったらしい。

あと、魔族は人間よりも実力主義であり、どんなに裕福な家に生まれたとしても、才能がなかったら追い出されるらしい。

「私も家族に虐待《ぎゃくたい》を受けたことがあるからね……、あの子たちの気持ちは痛いほどわかるのよ」

そう言って、アリスはちょっと寂しい顔を見せた。

「安心しろ、この村では楽しい思いをさせるから」

「期待しているわ」

その日の夜、歓迎会が行われたがサラの案内が良かったのか、すぐに移住者たちの表情は柔らかなものになった。

彼らにはまずギルドに登録してもらい、色々経験してもらって、それで自分の得意なものを見つけてもらおう、と思っている。

# 第201話　元勇者、悩む

魔族の移住者達を受け入れてから、数週間が経過した。

今のところは特に問題はなく、サラ達のおかげで村人達との関係も良好だ。

その中で魔族の中から、ある発言が聞こえてくるようになった。

「『人族のイメージが違う』？」

「私もそうだったんだが昔から『人族は我々が古くから支配する土地を奪う敵』と教えられてきた。しかし、実際に接してみて、そのイメージとは違うことにビックリしているみたいだ」

「それって俺達人族が『魔族は敵』と教えられてきたのと同じことか」

サラからの報告に、俺はなんとなくだが納得した。

「もしかして、お互いに誤解があったのかもしれないな」

その結果が長い間の戦争状態になったんだろうが、結局憎しみしか生まれないからな。

「なんとか本当の歴史がわかればいいんだけどな……、魔族には歴史書とかって存在するのか？」

「いや、聞いたことがないな、歴史書とはなんだ？」

「あぁ、俺達人族の歩んだ歴史を纏《まと》めた本のことだ。学校で勉強したりするのに使っている」

「ふむ……、確かにそういうものがあれば、お互いの歩んできた歴史もわかるし、誤解も解けるかもしれないな」

「それは良いアイデアかもしれませんね」

リリアがのってきた。

「でもそうなると、一般人でもわかるぐらいの歴史書が必要になると思うんですよ。基本的に歴史書って難しすぎてわかりにくいんですよ」

「そうなのか？」

「はい、私は講義を受けたことがありますが、途中で何を言っているかわからなくなりました……。そもそもうちの学者達が協力してくれるかどうか」

そういえば勇者時代にも、学者達と話をしたことがあるが、何か人を小馬鹿にしてるというか、見下されているような感じがして嫌だったんだよな。

シュバルツに相談してみるか。

# 第202話　元勇者、ミラージュに頼む



早速俺はシュバルツに相談してみることにした。

「歴史書ですか、一応学者が編纂《へんさん》したものがありますが、専門的な上に小難しいので、一般的にはあまり受け入れられていないのが現状です」

そう言って、苦笑いするシュバルツ。

「魔族との争いの歴史とかを研究している奴とかいないかな？」

「いるにはいますけど……、彼らは地位や名声の為に研究していますからね。別に分かってもらおう、と思ってやっているわけではありませんよ。それにプライドも高いですし」

そう言って、シュバルツは溜息を吐いた。

「わかるような気がするわ。魔王討伐《とうばつ》の旅をしていた頃、戦力アップの為に賢者を入れた方が良いと思って、行動していたことあるのよ」

「あぁ、会議でそんなこと言ってたよな。でも、いつの間にかなくなっていたけど、もしかして……」

「その通りよ、何人か賢者候補に会ったんだけど、プライドばかり高すぎて全《まった》く話にならなかったのよ」

アイナは当時を思い出して、嫌な顔をした。

相当むかついたんだろうな、ありゃあ。

「国の研究機関に所属している研究者達は特にひどいです。自分達の知識欲を満たす為に研究していて、世の為人の為なんて関係ないですからね」

「世に出して、初めて知識は役に立つはずなんじゃないか？」

「彼らはエリート意識がありますから最初から見下してくるんです。私も、昔家庭教師についてもらったことがあるんですが、何処《どこ》か言葉に棘《とげ》があって好きにはなりませんでしたね」

「でも、国の機関に所属しているんだったら成果を出さないとダメだろ？」

「何度か言っているんですけどねぇ……」

言ってもダメか……。

「じゃあ民間はどうなんだ？　一人ぐらいはいるだろ、まともな奴は」

「う～ん……、心当たりはないですね」

「おいおい……」

八方ふさがりじゃないか……。

と、扉が開かれた。

「どうしたの？　三人そろって暗い顔をして」

「ミラージュか……、実は」

俺は歴史書のことを話した。

「それだったら、聖国でこの世界で起こったことを纏めているけど？」

「マジかっ!?」

「しかも、普通の人にもわかりやすいように物語になっているけど」

「物語か、やっぱりそっちの方が広めやすいんだろうな」

「よかったら何冊か持ってくることはできるけど」

「頼むよ、これからの参考にしたい」

俺はミラージュに、聖国の歴史書を持ってきてもらうように頼んだ。

## 第203話 元勇者、ミラージュの話を聞く

翌日。


「えっ、こんなにあるのか……」

俺は茫然《ぼうぜん》としていた。

何故なら室内いっぱいに本が積んであるからだ。

「そりゃあ数百年の世界の動向を記録しているんだから、それなりの量はあるわよ」

ミラージュが持ってきた歴史書は数百冊だった。

「しかもかなり分厚い……」

「一年を一冊に纏めてあるからね、これでもかなり編集されている方よ。今回持ってきたのはシュヴィア国周辺のものよ」

「この辺り周辺のことか、っていうことは先代勇者の話も出ているのか」

「勿論《もちろん》、っていうか私達が聖国にやって来たところから始めているからね。最初は日記みたい

なものだったんだけど、私達を慕《した》う人や支援する人達が出てきて、世界の情勢とかも監視できるようになったの」

「聖国って、確か魔王を倒した報酬《ほうしゅう》として頂いたんですよね？」

シュバルツの質問に、ミラージュは首を横に振った。

「違うわよ。私達の力を恐れた国王達が、自分達の地位を脅《おびや》かされないように私達をなんにもない無人島に押し込んだわけ。多分、その意図に気付いていたのは私だけじゃないかしら？」

「まぁ先代勇者はど天然だっていうのはなんとなくわかるが、シエンスもわかっていたんじゃないか？」

「かもしれないわね、私もアイツの脳内はわからないから」

なんていうか、勇者っていうのは損な役割だよな。

# 第204話　元勇者、不都合な真実を知る

「そもそも魔王を生んだのも昔の王族なのよね」

「確か、シエンスの師匠《ししょう》が初代魔王なんだよな？　錬金術が周りから評価されなくて魔界に行って……」

「それもちょっと違うのよ。魔族側から見れば初代魔王は『魔界に革命を起こした英雄』といわれているわ」

「英雄？」

俺はサラの方を見ると、サラは頷《うなず》いた。

「あぁ、当時の魔族は知恵もなくただ暴れるだけだったが、初代魔王が知恵や人間の技術を教えたおかげで、あっという間に発展をしていった、と言われている」

「でも人間族からしてみれば『裏切り者』のレッテルを貼られてしまったわけ。私達も信じていたけど、後々、初代魔王の日記を見つけて真実がわかって、かなりショックを受けたわ。因《ちな》みに初代魔王を否定し続けたのはレバニアの国王よ。私達を招集したのもソイツだし、反対し

ていたのはシュヴィアの国王。あの頃から関係は変わってないのよね」

呆《あき》れたようにミラージュは言った。

昔から変わってないのか……。

「でも、今では錬金術は評価されているじゃないか？」

「それもシエンスが師匠の意志を引き継いで、錬金術で色々なものを発明していったからよ。本人も色々考えることがあったんじゃないかしら」

「結局は敵に塩を送ったことになるんだよな。当時の貴族や国王達にとっては『不都合な真実』だよなぁ、自分達が魔王を間接的にも生んでしまったわけだから」

「そう、だからあまり広まってないわけ。下手したら暴動が起こりかねないことだから。それも私達を聖国を追いやった理由でもあるけど、今はこうして、ある程度の権力を持っている。皮肉な話よね」

確かに皮肉な話だ。

# 第205話 元勇者、聖国の成り立ちを知る

「聖国は私達が来た頃は本当に何もない場所だったわ。それを少しずつ開拓していったの」

「その途中で邪神の封印を解いたんだよな」

「それだけじゃないわ。遺跡を発見して探検したら、実は古代兵器で世界を一瞬で消滅できる代物《しろもの》だったり、異界と繋《つな》がったりと大変だったわ」

「今、さりげなくとんでもないこと言ってないか？」

「昔のことだし大丈夫よ。まぁ、あそこはとんでもない場所だったのよ。他の国はその重要さには全《まった》く気が付いてなくて、気づけば私達は世界を掌握《しょうあく》できるぐらいの力を持っていたわけ。流石《さすが》に他国に流出したらマズイから基本的に立ち入り禁止にしてもらったの。私達が認めた人達以外は入れないようにしたの」

「認めるって、他国とは交流はなかったんだろ？　どうやって他国のことを調べる？　ってもしかして古代遺跡か？」

「そう、世界中の様子を監視できる装置があったのよ。だから世界の動きを細かくチェック出

来ていたのよ」

　マジか……。

「だから魔王が現れたのもわかったし、災害が起きるのもわかった。それを各国に伝えたんだけど、最初は信じてもらえなかった。でも実際に災害が起きて被害を受けて、私達のことを信じてくれるようになって、協力する者も出てきた。おかげで聖国は信頼を徐々に得れるようになった。それで信頼できそうな人達、将来有望な者たちを留学生として聖国に招き入れるようになった」

「その中に父上がいたんですか」

「そうよ、シュヴィアの王族は、この世界では人として優秀だと思うわよ。逆にレバニアからは一度も留学生なんて来なかったわよ」

　ミラージュは呆れながら言った。

# 第206話

# 元勇者、アイナの弟に会う

「しかし、コレだけの本を魔族にも人族にもわかりやすいように纏《まと》めるのは、かなり大変だし腕がないと大変だぞ」

「ええ、そうですね。うちの学術機関の面々に任せればいいんですが、偏《かたよ》りそうで正直怖いんですよね……」

いや、一国の王子がそういう発言するのはどうか、と思うが。

偏見のない奴が良いよな……。

とりあえず本は一旦倉庫に置くことになった。


そんなことがあった数日後、村にある訪問者がやって来た。

その人物はアイナと仲良さそうに話していた。

「アイナ、そいつは？」

「あぁ、私の弟よ」

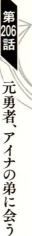

「えっ⁉　弟がいたのかっ⁉」

「そういえば言ってなかったわね、紹介するわ弟のリベルよ」

「ノエル様ですか？　はじめまして僕はリベル・ネカールといいます。姉がお世話になっています」

　頭を下げて挨拶《あいさつ》したリベルは礼儀《れいぎ》正しそうな青年だ。

「リベルはだいぶ前に勘当《かんどう》されて家を追い出されて、暫《しばら》く会えなかったのよ」

「勘当？」

「僕が魔力なしで生まれてしまったので、十歳の時に家を追い出されたんです」

「実の息子なのに？　冷たい親だな」

「それが先祖代々魔法使いの家に生まれた宿命なのよ……。だけどリベルは腐らないで自分の道を切り開いたのよ」

「へぇ～、今は何をやっているんだ？」

「フリーの学者をやっています」

　フリーの学者？

「何処《どこ》かに所属はしてないのか？」

「はい、なるべく特定の価値観を持たない為に、色んな国を回って民間の立場で研究をしています」

「しかも確実に結果も出していて、最近話題にもなっているのよね」

「へぇ～……」

「自慢の弟じゃないか」

「そうね、うちの家族の中では一番マトモだと思うわ。最近ではちょこっと有名になりつつあるのよ」

アイラとリベルの話を聞いて、ある思いが芽生《めば》えてきた。

この男だったら、あの歴史書を上手《うま》くまとめることができるんじゃないか、と。

# 第207話 元勇者、頼む

「でも、名前が売れてくると、変な嫌がらせとかも多くなるんじゃないか？」

「確かにその通りです。資料を閲覧《えつらん》したいと思っても、個人ではなかなか貸し出してくれないのが現状です」

「黙らせる方法があれば良いんだけどね……」

「黙らせる方法ならあるぞ」

「はい？」

俺はリベルに歴史書のことを話した。

会って間もないが、人間的に信頼できると判断したからだ。

俺の話を聞いたリベルは、ちょっと戸惑ったような顔をした。

まぁ、当たり前だと思うが。

「まずはその歴史書を見せてもらえませんか？　僕の手に負えるものなのか判断したいので……」

「そうだな、実物を見てもらった方が早いな」

俺達は歴史書がある倉庫へと向かった。

「これが歴史書だ」

「これが……、凄《すご》いですね」

そう言って、リベルは一冊を持ってパラパラとページをめくった。

「流石《さすが》は聖国ですね。事細かに起こった出来事を明記している。これは学者や研究者にとってお宝ですよ……」

「だからこそ、信頼のできる人物に託したい、と思っているんだよ。リベル、やってもらえるか？」

「僕で良かったら協力します。是非やらせてください」

俺はリベルに歴史書の編纂《へんさん》を頼んだ。

「しかし、あんな才能があるのに魔力がないから追い出す、なんて本当に見る目がないな」

「本当にその通りよ。両親は魔術至上主義だったから、それ以外の才能は全否定していたのよ」

「でも、アイナは連絡は取り合っていたんだろ？」

「連絡を取り始めたのはこの村に来てからよ。たまたま新聞にリベルの名前が載っていたから連絡を取ったのよ。あの子、昔と変わらないで接してくれたわ……」

そう言って、アイナはちょっと涙ぐんでいた。

# 幕間25 アクア

EX-BRAVE WANTS A QUIET LIFE

「……」

「……ノエル、アクアはどうしたんだ？」

「いや、俺もわからん」

俺とサラは困惑していた。

昨日、『土地神の集まりに行ってくる』と言って、笑顔で出ていったアクアは帰ってくるなりテーブルに突っ伏していた。

いつもニコニコしているので、こんなアクアを見たのは初めてだった。

「アクア……、何かあったのか？」

「……好きで」

「は？」

「好きでこんな体型になったわけじゃないわよっ!!」

「うおっ!?　いきなりどうしたんだ？」

いきなり怒鳴り声をあげたので、俺とサラは驚いた。

「私だって本当は背も高くてボンキュッボンのナイスボディになりたかったわよっ!! どいつもこいつも馬鹿にしてぇっ!! 頭に冷や水ぶっかけてやりたいっ!!」

そう言って、腕をジタバタさせるアクア。

「落ち着けって!?」

「はっ!? ゴメンね。取り乱しちゃって」

「一体何があったんだ……? 確か土地神の集まりに行ったんだよな?」

「うん、私、魔王に封印されていたでしょ? だから今まで土地神の集まりには参加出来なかったから、久しぶりに他の神様達に会ったのよ……」

アクア曰《いわ》く、この周辺にはアクア以外の土地神が存在している。

火の神、土の神、海の神、山の神、風の神……。

それを統括《とうかつ》しているのが女神で、年に一回は集まり、お互いの近況を報告したり、今後の計画とかを立てたりするらしい。

「私も懐かしかったから、みんなに挨拶して回ったんだけど……、アイツがいることを忘れていたわ……」

「アイツって?」

「火の神よっ!! アイツ私を見た瞬間、『あら、相変わらず幼児体型ね』って言って笑ったの

よ！」

ガンッと机を叩いて怒鳴った。

「そりゃあ成長なんてしないわよ、神なんだしっ！　この世に生まれてからずっとこの姿よっ！　向こうはボンキュッボンのナイスバディで、神の世界でも人気はあるわよ。だからといって馬鹿にして良いわけないいじゃないっ!!」

……気にしてたんだなぁ、アクアの奴。

「何が一番ショックって人間の子供に追い抜かされた時っ!!　成長しないこの体をどれだけ恨んだかっ!?」

火と水、合わないとは思っていたけど神同士でも合わないのか……。

で、後日火の神と会う機会があったのだが、ナイスボディの女性で、アクアが怒っていた理由がなんとなくわかった。

# 第208話　元勇者、魔王の評判を聞く

「……というわけで今リベルに頼んだよ」

「彼のことは噂《うわさ》では聞いていましたが、アイナさんの弟さんだったとは……」

俺はシュバルツにリベルのことを報告した。

リベルは暫《しばら》く村に滞在してもらうことになった。

「正直、うちの研究機関に頼まなくて大正解でしたよ。彼らに任せていたらどんなものになっていたことか」

「恥ずかしい話ですが、既存の意識から抜け出せないのが現状です。『魔族は悪』が今でも根強いですからね」

「でも、アリスのおかげで、かなりイメージは脱却していると思うぞ」

「確かにその通りですね、人間国でも評判は高いです」

勿論《もちろん》、それはアリスの外交努力が実を結んでいるからでもあるが、アリスは見た目十代の女の子であり天然のドジっ子でもある。

本人は不本意ではあると思うけど、そういう部分が特に男性には評判が良い。

「密かにファンクラブが出来上がっているみたいですからね」

「いつの間にそんなものが出来てるんだよ……」

「まぁ、争いがないのは良いことですからね、全然構わないんですけど」

と話しているとドアが開き、当のアリス本人が現れたから内心ビクッとした。

「勇者ノエル、噂は聞いたぞ。今、我々魔族のことを本にする作業をしているようじゃないかっ！」

「あぁ、報告が遅れてすまなかったな」

「いや、そういうことは大歓迎だっ！　何せ我々には『文字にして残す』という文化がないのだ」

そう言って、アリスはニコニコと笑っていた。

# 第209話　元勇者、アリスに懇願される

「それで、今日はそれだけじゃないんだろ？」

「うむっ！　我ももっと人族との交流を深めなければならんと思って、魔族領に人族を招待しようと思っておるっ！」

「ふむ、魔族の現状を見れば偏見もなくなるよな……」

アイデアは良いと思う。

しかし……、気になる点がある。

「アリス、今普通の人が入れる状態なのか？」

アリスはピシッと固まった。

「現実問題として『障気《しょうき》』をどうにかしないと、普通の人は立ち入り出来ないぞ」

障気は、魔族領独特の魔力を含んだ空気のことだ。

人族は本能的に嫌っており、立ち寄らないのが現状だ。

「それに魔族達の協力がないと。魔族側にも人族にまだまだ抵抗する輩《やから》がいるだろうし……」

「勇者ノエルっ！　お願いがある。いやお願いします！　我に協力してほしいっ！」

アリスは綺麗《きれい》に土下座《どげざ》した。

いや、土下座しなくてもアドバイスとかはしてやるつもりだったんだけどなぁ。

## 第210話　元勇者、魔属領に行く



「障気の元を正せばいいんじゃないでしょうか？」

シュバルツの言う通りだと思う。

「その元がわからないのだ……、魔王城が崩壊しても障気は全《まった》く収まる気配がない」

「う～ん、ということはもしかして魔族が立ち入らない場所が元になっている可能性があるかもしれない」

「我々が立ち入らない場所……、一つだけ心当たりがある」

「何処《どこ》だ？」

「通称『奈落の谷』といわれている場所がある。そこは罪人が落とされるところだ」

「魔族でも罪人っているのか？」

「ほとんど父上の気まぐれで落とされていた。父上が生きていた頃は、父上がルールだったからなぁ」

なるほど……、長年の恨みつらみが溜まっていそうだな。

「行ってみるか？」

「おぉっ！　行ってくれるか⁉」

「あぁ、久しぶりに魔族領にも行ってみたいからな」

ここ最近はずっとデスクワークばっかりで、体を動かしていなかったから、久しぶりに領地外に出てみたかった。

「それだったら、ギルドに依頼してみたらどうでしょう？　個人で動くよりも正式な依頼として受けた方が後々問題にはならないでしょう」

確かにその通りだ。

早速アリス名義でギルドに依頼をした。

そして、俺、サラ、アイナ、ガーザスの四人で魔族領に行くことになった。

「ガーザスとパーティーを組むなんて久しぶりだな」

「あぁっ！　俺も久々に腕がなるぜっ！」

ガーザスは笑みが止まらない。

「サラも久しぶりなんじゃないか？」

「魔王軍を追い出されてからは、一度も足を踏み入れていないからな……、しかも奈落の谷は私の生まれた村のすぐ近くなんだ」

「そうか、じゃあ里帰りにもなるな」

「里帰りといっても、もう人は住んでいない。魔獣の被害が酷《ひど》くて離れ離れになってしまったからな」

# 第211話　元勇者、アリスの家へ行く

馬車に乗り込み、一週間かけて魔族領へとやって来た。

「魔王を倒しに来て以来だな」

やはりなんとも不気味な空気が漂っている。

「確かに人が嫌がるような雰囲気《ふんいき》だな」

「久しぶりに感じたが……、なんとも懐かしい感じだ」

「サラは慣れてるのね」

「この空気なんてまだましな方だ。私が当時住んでいた村はもっと空気が悪い」

俺達はアリスとの待ち合わせ場所である旧魔王城へと向かった。

道中で襲われるかと思っていたが、そんな様子はなく、特にトラブルもなく旧魔王城に到着した。

俺にとっては思い出深い場所である。

「こんな瓦礫《がれき》の山に埋まっていたのか、お前。よく死ななかったな」

「勇者の鎧《よろい》のおかげで圧死せずにすんだよ……」

　正直、死は覚悟していたんだけどな。

「おぉ、待っていたぞ！」

「アリス、魔王城は復興しないのか？」

「魔王軍がない状態で、新しい魔王城なんて建てたら勘違いが起こりかねん。まずは私の屋敷に案内しよう」

　そう言われて、俺達はアリスの後をついていった。

「ここが私の家だ」

　アリスについていき、到着したのは立派な家だった。

　家の中に入り、居間へと通された。

「今、奈落の谷には部下を向かわせて監視をさせているのだが、夜になると障気が酷くなるらしい。それと同時に谷の底から謎の声が聞こえてくるらしい」

「怨霊《おんりょう》の声か……。しかも魔族だからかなり厄介《やっかい》になりそうだな」

　だとしたら『浄化』は使えそうだが、俺の力ではたかが知れている。

　やっぱり『聖女』の力が必要になってくるか……。

　しかし、今は聖女はいないしなぁ……。

## 第212話　サラ、元部下と再会する

「とりあえず、まずは長旅の疲れを癒《いや》して、明日現場に案内しよう」

そう言って、アリスは手を叩いた。

扉が開いてメイドがワゴンをガラガラと運んできた。

ワゴンには美味《おい》しそうな料理がある。

「食事を用意したので食べてくれ。人族の町で修業した料理人が作った料理だ」

「へぇ～、じゃあ早速」

ガーザスが一口食べた。

「美味《うま》いっ!!　コレ高級レストランの味だぞっ!!」

俺も食べてみた。

「うん、確かに美味い。少なくとも一般の食堂よりもレベルは高いぞ」

「魔族にこんな手が込んだ料理を作れる者がいたとは知らなかった……」

「今までの魔族は単純に『煮る』『焼く』しか出来なかったが、この料理を作った者のおかげ

で料理の質は倍以上に上がっている」

「一体どんな人が作ったのか見てみたいな」

「そうか、料理人を呼んでくれ」

アリスの命令にメイドの一人が部屋を出ていき、暫《しばら》くしてコック姿の女性を連れてきた。

そのコックを見た瞬間、サラは驚きの声を上げた。

「『アルーマ』っ⁉」

「サ、サラ部隊長じゃありませんかっ⁉」

「サラ、知り合いか？」

「私の直属の部下だ。かつては『皆殺しのアルーマ』と呼ばれるぐらい凶暴な奴だったのだが
……」

そんな二つ名があるとは思えないぐらい、アルーマと呼ばれた女性は凄《すご》く落ち着いた雰囲気《ふんいき》を出している。

「部隊長、お元気で良かったです……」

アルーマは涙ぐんでいた。

食事を終えた後、俺達はアルーマの話を聞くことにした。

「部隊長が更迭《こうてつ》されて我が隊は解散、私も軍をクビになって、生活の為に人族の町に行き、最初は冒険者として活動していたんですが、その町の食堂で食べた料理の美味しさに感銘《かんめい》を受け

て弟子入りをしたのです。そこで料理だけでなく精神も鍛えられたんです」

なるほど、それで攻撃性が抑えられているのか。

「私の募集に応募してきたので雇ったのだが、まさかかつての戦士だとは思わなかった。魔族でも人族と上手《うま》くやっていけることを知ったのだ」

この後、風呂に入り俺達は就寝した。

# 第213話　元勇者、奈落の谷へ向かう

翌日、俺達はアリスの案内で奈落の谷へと向かった。

「奈落の谷に近付くと、同時に障気の影響が大きくなるから注意してほしい。一応、予防薬として、中和する薬は用意してある。気分が悪くなったらいつでも言ってほしい」

「準備いいな」

「私が障気に弱いのだ……」

「魔王なのにか？」

「小さい頃に父上に奈落の谷に落とされたことがあって、トラウマなんだ……」

そう言って、心底嫌そうな顔をするアリス。

……やっぱりアイツは倒して正解だったな。

そんな話をしながら、幸運にも体調を悪くした者はいなくて無事に奈落の谷へと到着した。

谷を覗《のぞ》くと、底は真っ暗で何も見えない。

「全《まった》く何も見えないな、ノエルどうする？」

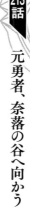

「そうだな、ロープを垂らして降りていった方が良いか……」

「でも、底は見えないし、深さもわからないわよ。ロープが足りるかどうかも……」

どうやって下に降りるべきか、俺達は思案をしていた。

が、その時。後ろから声がした。

「問題……ないよ……」

後ろを振り向くと……。

「メ、メナルティ……」

「ぶい……」

邪神メナルティが何故かVサインをして立っていた。

「メ、メナルティ様がどうして此処《ここ》に？」

「奈落の谷……、私の庭……」

アリスの質問に、メナルティは明確な答えを出した。

なるほど、メナルティにとっては魔族領は庭みたいなものか。

「下に降りたいなら……、階段がある……」

そう言って、メナルティはトコトコと谷の近くの草むらに行き、ガサガサと地面の土を払うと蓋《ふた》みたいなものが出てきた。

その蓋を開けると、階段が出てきた。

「そんなところに階段があったなんて……」

「私が作った……、えへん」

「作ったって……」

「初代魔王の本を見て……、参考にした」

なるほど、人間の知恵を使ったということか。

# 第214話 元勇者、奈落の谷の底へ向かう

メナルティの案内で、奈落の谷の底へと続く階段を、俺達は降りていた。

左右の岩壁には松明《たいまつ》が焚《た》かれていて階段を照らしている。

「っていうか、結構下まで降りてきたんじゃないか？」

「下見たらわかるでしょ？　まだまだ先は長いわよ」

ガーザスの発言をアイナが否定する。

うん、まだまだ階段は続いている。

「今中間くらい……、あと、二、三時間はかかるかも……」

「……まぁ、モンスターが出ないだけマシか」

「確かに、モンスターが出そうな雰囲気《ふんいき》はしているが……」

「此処はダンジョンじゃないから……出ないよ」

特殊な場所、というわけではなく本当にただの階段なんだな。

階段を降り始めて、どれくらい経っただろうか……。

EX-BRAVE WANTS A QUIET LIFE

「はい、到着」

漸《よう》く外に出た俺達は言葉を失った。

ゴツい岩肌に草一本生えていない。

谷底だから光はなく、全体的にどんよりとした空気が漂っている。

見たことはないが地獄というものがあれば、多分こういう風景なんだろう。

「じゃあ、ついてきて……」

そう言ってメナルティは歩いていく。

「めちゃくちゃ歩きづらいな……」

「ガーザス、気を付けろよ。毒ガスとかもあるからな」

「あぶなっ!?」

辺りに気をつけながら、俺達はメナルティの後をついていく。

「ここ」

着いた場所は、一軒の家の前だった。

## 第215話 元勇者、謎の錬金術師に会う

「この家は一体……？」

突然、現れた家に俺達は困惑していた。

そんな俺達とは別に、メナルティは家の扉をノックした。

すぐに扉が開かれ、中から眼鏡《めがね》をかけた如何《いか》にも頭の良さそうな青年が姿を現した。

「おやおや、メナルティじゃありませんか。しかもこんなに大勢のお客さんを連れてくるなんて珍しい」

「ん、障気のことで相談」

「あぁ、そういうことですか。どうぞ皆さん、家の中へどうぞ」

青年は笑顔を絶やさず、俺達を家の中へ招き入れた。

「意外と中は広いんだなぁ……」

家の中は、見た目とは裏腹に意外と広かった。

これが、あの地獄みたいな場所にあるとは思わなかった。

「『偽装魔法』をかけてるわね。あの人、かなり高度な魔術を使っているわ」

アイナは家の中を見回しながら感心していた。

「っていうか、こんなところに人が住んでること自体がおかしいだろ」

「あぁ、普通の人は住めない悪環境だからな」

ガーザスの発言にサラが同意する。

「皆さん、どうぞくつろいで下さい。コーヒーをお持ちしたので」

青年がコーヒーを持って奥から現れた。

俺達は言われるがままに、ソファーに座り、コーヒーを飲んだ。

「私は『サザラス・テービン』といいまして、元はしがない錬金術師なんですが、色々あってこの奈落の谷の管理人をやっています」

俺達も自己紹介をして、早速障気のことについて聞いた。

「あぁ、なるほどなるほど。一応こちらで障気のコントロール出来るようにしているんですが、障気の量が多くなっているみたいですね。ちょっと制限を強化しましょうか」

「できるんだったら是非《ぜひ》やってほしい。しかし、障気の量が多くなっているのは何故だ？　魔王を倒したら収まるんじゃないのか？」

「逆なんですよ。障気の元は負の力です。魔王や幹部クラスとなると障気の量が半端《はんぱ》ないですから……」

# 第216話 元勇者、奈落の谷のシステムを知る

「それはどういうことだ？」

「皆さんは魔族が死んだら魂は何処《どこ》に行くと思いますか？　人間は死んだらあの世に行き、善人であれば天国、悪人であれば地獄、と言われていますが」

……考えたことがなかった。

「まぁ、普通は考えないでしょう。魔族の場合は死んだら一度冥界《めいかい》に魂が送られます。そして、転生して人間になったり魔族にまたなったりします。それがどういう基準で選ばれるかどうかはわかりません。しかし、中には転生も出来ない魂もあるわけです」

「それが、魔王とか幹部の魂……」

「その通りです。その行きつく先がこの奈落の谷なんです。そんな彼らの負の力が障気の原因なんです」

「ということは父上の魂も彷徨《さまよ》っているのですか？」

「ええ、ここには出口がありませんからね、彼らの魂は永久にさまよい続けるわけです。抜け

出すためにはこの家にたどり着かなければならないんです」

「この家に？」

「えぇ、私は管理者ですからね。魂を冥界に移すこともできるんです」

奈落の谷が、魔族にとっては地獄みたいなところだったのか……。

「さて、では障気を抑えるようにしましょう。一旦、失礼します」

そう言って、サザラスは部屋の奥へと行ってしまった。

「あのサザラスっていう奴、何者なんだ？　ただの錬金術師じゃないだろ？」

「確かに、此処《ここ》の管理人ということは魔族関係だというのはわかるんだけど」

「アリス、何か知ってるか？」

「いや、私も初めてみる顔だ」

「メナルティは知ってるのか？」

「知ってるー……、だから会わせたの」

そう言って、悪戯《いたずら》っ子のような笑顔を見せるメナルティ。

俺は薄々わかっていたが聞いてみることにした。

「メナルティ、サザラスは……、初代魔王なんじゃないか？」

「せいかーい……、流石《さすが》ゆーしゃ」

「エッ!?　初代魔王って、倒されたんじゃなかったの？」

「私も勇者に打倒された、と聞いているぞっ!?」

どうやら魔族の中でも極秘事項だったみたいだ。

# 第217話 元勇者、サザラスの正体を知る

サザラスが初代魔王という事実に、ガーザス達はパニックになっていた。

「っていうか、ノエルはどうしてわかったのっ!?」

「まぁ、こんなところにいて普通の人間ではない、ということはわかっていた。が、確信出来たのはあの写真だ」

俺は本棚《ほんだな》の真ん中の段にある写真を指差した。

そこにはサザラスと他の人物達が写っているのだが、その中にミラージュの姿があった。

「この写真は多分、魔王討伐《とうばつ》の時の奴だろ」

「っていうことはこの写真に写っているのは初代勇者パーティー？　でも、魔王を倒しに来た雰囲気《ふんいき》じゃないわね」

「確かに。これから倒すのに、にこやかな笑顔で一緒の写真を撮るわけないよな」

「つまり、初代魔王サザラスと初代勇者パーティーの戦いには俺達の知らない事実がある、ということだ。それは人族にとっては都合の悪いことなんじゃないか、と俺は思っている」

EX-BRAVE WANTS A QUIET LIFE

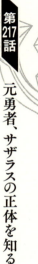

「ノエル、頭良い〜……」

メナルティがぱちぱちと拍手をした。

「サザラス……、人間界から……追い出されたの」

「追い出された？　自分から魔族領に行ったんじゃないの？」

アイナの質問に、メナルティは首を横に振った。

「人間界の王族から……嫌われて……追い出されたの」

「王族と喧嘩《けんか》して追い出されたのか？」

「ちがーう……、一方的……冤罪《えんざい》かけられたの」

冤罪？

メナルティが言ってることが正しかったら、コレ、今までの魔族との戦いとか色んなものがひっくり返る可能性が高いぞ。

# 第218話 元勇者、サザラスが魔王になった経緯を知る

「すいませんね、ちょっと色々と準備をしていたもので……、ってどうかしましたか?」

サザラスが奥から出てきた。

「サザラス、あんた初代魔王なのか?」

「あぁ～……、流石は勇者ですね、えぇ、その通りですよ。私は人から見れば魔王と呼ばれる存在でした」

サザラスはあっさりと認めた。

「で、でも魔王は倒されたはずじゃ……」

「ええ、表向きはそうなっていますがね、実際は違うんですよ。まず私が魔族側についた理由ですが、昔はレバニア国の宮廷錬金術師として活動していました」

「えっ!?　レバニアのっ!?」

「ええ。ですが当時の王族や貴族は、庶民《しょみん》など顧《かえり》みることなく自分達の利益しか考えていなかったんです。私は何回も庶民にも錬金術を用いた方が良い、庶民の生活を向上させた方が国の

利益になる、と言いました。しかし、聞く耳を持ってはくれませんでした……」

レバニアの王族は昔からそうだったのか、どんなに時が過ぎても根本的なことは変わらないんだな。

「結局、私は王族に盾突いた罪で国外追放になりました。それでたまたま魔族領に行きついたんです。当時の魔族領は生活能力も今よりも低くて、私は彼らの為に錬金術を使うことにしたんです」

「それって結局当時の貴族や王族が悪い、っていうことじゃないか」

「しかし、知恵を付けすぎたせいで人間族と敵対するようになってしまいました。そこは反省するべき点でした……。いつしか私は人間族から魔王と認定されるようになってしまったのです」

「完全に逆恨みじゃない。自分達が追い出したのにっ！」

# 第219話 元勇者、前魔王の処遇を知る

「それじゃあ勇者との戦いはどうなったんだ？」

「彼らは旅の中で自分達の正義に疑問を持っていたみたいです。それで戦《たたか》う前に色々話し合いをしたんです。その結果、私が討たれたことにして、首を偽装して持ち帰ってもらったんです。何せ向こうの王族は私のことを覚えてなかったみたいなんですよね」

なんとも呆《あき》れた話だ……。

「そりゃあ墓場まで持っていかないとダメな話だな」

「それで私はこの谷に移り住んで管理人をしているわけです。こういってはなんですが気楽で良いですよ。錬金術の研究に没頭できますからね」

そう言って、サザラスは笑う。

「あぁ、そうだった。障気《しょうき》が高い原因はやはり前魔王の魂が彷徨《さまよ》っているからです。それで対策を講じました」

「対策って？」

「前魔王の魂を新たな肉体に宿して、谷から出ていってもらうことにしました」

「いや、それって大丈夫なのか？」

「ええ、勿論《もちろん》タダで出すつもりはありません。記憶も魔力も全て封印して一人間として生きてもらいます」

「そんなことできるのか？」

「ええ、肉体は既に用意出来ていますから。ちょっとこちらにどうぞ」

俺達はサザラスに連れられ奥へと入っていった。

そこにはカプセルに入った少女が眠っていた。

「この少女に前魔王の魂を移しました。後は色々調整をするだけです」

「これが……お父様？」

「なんで女性なの？」

「ホムンクルスは女性の方が作りやすいんですよ」

カプセルで眠っている少女は穏やかそうに眠っている。

なんか不思議な気分だ。

# 第220話　元勇者、自分のルーツに興味を持つ

「……ということだったんだ」

「初代勇者にそんなエピソードがあったなんて……、でもレバニアの王族だったらありえそうな話ですよね」

あの後、メナルティの案内で再び地上に戻ってきた俺達は、村に帰ってきた。

そして今リベルに話している。

俺達が魔族領に行っている間にだいぶ編纂《へんさん》は進んでいるみたいだ。

「この話が世に出たら世間はひっくり返りますよ。魔族＝悪というイメージがありましたからね」

「でも、事実だからなぁ……、それに丁度《ちょうど》魔族との関係を変えようという時期だからタイミングとしては良いと思う」

「そうですね、まぁ頭の固い学者が絶対に文句を言ってくるでしょうけど」

「その対応は私がやりましょう。王家の公認を得れば文句は言わせませんよ」

シュバルツはそう言って、胸を張った。

「でも、その勇者も変わり者というか、勘が良いというか……。そういえば初代勇者の名前って公表されてないいんだよな」

「ええ、歴史書にも記されてないですし……」

「意外とノエル殿と関係がある人物ではないですか？」

「まさか、親父《おやじ》は普通の冒険者だったし……、そういえば俺のルーツとか聞いたことないよな」

しかし、両親は既に死んでるし、知るすべはない。

「でも、レバニアの住民登録証が保存されてるんじゃないですか？　申請すれば出してくれるんじゃないですか？」

「そうか……、折角だし調べてみるか」

# 第221話 元勇者、ルーツを調べる

翌日、俺はレバニアにある役所を訪れていた。

「こちらがビーガー家の住民登録証及び冒険者ギルドカードになります」

「ギルドカードまで保存されているのか？」

「えぇ、優秀な冒険者はその功績を永久に記録されることになっております」

親父が優秀な冒険者……。

う〜ん、正直家にいる時は、いらないこと言ってお袋にぶん殴《なぐ》られてるイメージしかないんだよなぁ……。

住民登録証を確認してみると、やはり親父クイントはレバニアの騎士団に所属していたらしいし、お袋ユリアは貴族令嬢だったみたいだ。

「二人ともそんな話したことないよなぁ……」

ビーガー家の住民登録証を遡《さかのぼ》ってみると、俺の祖父らしい人物の名前が出てきた。

「『リネット・ビーガー』か、聞いたことないな……」

そのリネットの住民登録証を見てみると、元々は傭兵《ようへい》だったらしいが、騎士団にスカウトされたらしい。更に魔王討伐《とうばつ》に勇者パーティーの補佐役として参加したみたいだ。

「初代勇者の魔王討伐に参加していたのか……」

まぁ、参加といっても、一兵卒《いっぺいそつ》だから正式な記録には残ってはいないのだが、誇らしい。

しかし、住民登録証にはそこまでしか書かれてなかった。

「これじゃあ具体的なことがわからないなぁ……」

次は親父のギルドカードを読み込み、データを見てみた。

「えっ、Sランク？　しかもドラゴンを何匹か倒しているじゃないか」

結論からいえば、親父は結構強かった。

他国からも要請が来てたりもしていた。

……天国でドヤ顔してそうで、何か腹立つ。

更にお袋のギルドカードも見てみたんだが、コレが一番驚いた。

「はぁっ!?　お袋が聖女っ!?」

お袋の職業名が聖女になっていたのだ……。

# 第222話　元勇者、両親の素顔を知る

お袋が聖女だったという事実に、暫《しば》く意識が飛んでいたが、ハッと冷静さを取り戻した。

「これは……、聖女関係だったら、ミラージュが知っているんだろうけど、そういう話がなかったからなぁ」

そういえば冒険者だったら、ギルドに所属してるはずだから、ギルドなら何か知ってるんじゃないだろうか。

俺はギルドへと向かった。

「おぉ、お前の親父さんとお袋さんのことは良く覚えているよ。二人と一緒にパーティーを組んでいたこともあるからな」

やはりギルドマスターが覚えていた。

「お袋のギルドカードを見たら聖女になってたんだが、お袋は聖女だったのか？」

「あぁ、確かそうだったな。回復魔法や解毒魔法が得意だった。色んなパーティーからスカウトの話もあったけど『クイントさんと一緒じゃないと嫌だ』って絶対に離れなかったんだ」

「そんなに愛し合っていたのか」

「いや、そういうわけじゃない。クイントはモテていたからな、一種の浮気防止だよ。アイツはお前に似て女心に鈍感だったからな」

「いや、俺は鈍感……ではないと思いたい」

「自信持って否定しろよ」

ギルドマスターが呆《あき》れたようにツッコんだ。

正直、女性と付き合ったことがないからわからないんだよなぁ……。

「でも、魔王が現れなくても聖女とかいたんだな」

「職業だからな。名前は残ってなくても、勇者とかはたまにいたぞ。その時はドラゴン退治とかメインだったよな」

なるほど……。

# 第223話　元勇者、祖父のことを調べる

「話は変わるが、俺のじいさん、リネットっていうらしいんだが、ギルドに何か情報とかないか？」

ダメ元でじいさんの話も聞いてみた。

「リネット……、古い書類に名前があるかもしれないな、ちょっと待ってろ」

マスターは一旦席を離れたがすぐに戻ってきた。

「あったあった！　リネット・ビーガーは、とある貴族の私設傭兵団《ようへいだん》の団長をやっていたが、その後、国にスカウトされて勇者パーティーの補佐の一人として魔王討伐に参加。その後に一代限りの男爵籍を得たらしいが、このギルドにも所属して、たまに冒険者活動をしていたらしい」

貴族籍を得たのに、冒険者としても活動をしていたのか、根っからの戦闘好きだったんだな。

「一時的にも貴族籍があった、ということは『貴族院』に記録が残っているかもしれないぞ」

確かにその通りかもしれないな……。

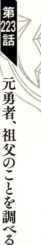

俺はマスターに礼を言って、貴族院へと向かった。

因《ちな》みに貴族院というのは、貴族を管理しているところだ。

貴族院にやって来た俺は、早速リネットに関する資料を要求した。

多少時間はかかったがリネットの記録は残っていた。

「え～と、『リネット・ビーガー、魔王討伐《とうばつ》参加の報酬《ほうしゅう》として一代限りの男爵籍を授ける。あくまで籍だけであり、土地等は本人が辞退した』か……、結婚もしていたみたいだな。名前は『アリア・ビーガー』、旧姓『アリア・アナン』……、ん？」

アナンって姓、何処《どこ》かで聞いたことあるような……。

# 幕間26 大陸会議

とある日のこと、シュヴィア城にて『大陸会議』が行われていた。

大陸会議とは、大陸内の国の代表者が集まる会議のことで、今までは魔王討伐がメインの議題だったが、魔王が倒され、魔族との共存へと舵《かじ》をきっている今の議題は、各国との関係性になっている。

シュヴィア国から、代表として来ているのはシュバルツである。

「こちらが新たに編纂された歴史書です」

シュバルツが手にしていたのは、リベルが手掛けた歴史書である。

「この歴史書には調査の結果、新たにわかったことを加えております。我が国としてはこの歴史書に書かれていることを、今後の公式見解にしたいと思っております」

歴史書を読んだ出席者達はざわついた。

「これは……今まで伝えられていたことと違うじゃないか!?」

「魔族が強くなったのも全ては我々の責任というのか……」

EX-BRAVE WANTS A QUIET LIFE

「納得いかない方もいらっしゃると思います。しかし、紛《まぎ》れもない事実なのです。我々の先祖が犯した罪なのです。そして、疑いもせずに魔族を滅ぼせば平和になると信じきっていた我々にも責任はあるのです」

淡々とシュバルツは語る。

「だからこそ過ちを認め、過去を反省し、未来に生かすべきだと私は思います。皆様方にもご理解していただければ幸いだと思っております」

シュバルツの言葉に反対の意見は出なかった。

会議終了後、シュバルツはある人物に声をかけられた。

「シュバルツ、お疲れさん」

「ヨークか……」

シュバルツに声をかけてきたのはヨーク・コバルト、コバルト国の王太子である。

茶髪に茶色の目、あまり王族らしからぬ、どちらかというと野性的な感じがする青年である。

「ヨークも会議に出るなんて珍しいな」

「メニアが口煩《くちうるさ》いんだよ。アイツ最近になって王族らしくなった、というか……。此処《ここ》でのお茶会が効いたみたいだな」

「そっか……、歴史書の件は」

「あぁ、親父《おやじ》に伝えとく。多分賛成すると思うぞ。親父も魔族との関係は、良いビジネスチャンスだと思ってるみたいだからな。長年の頭痛の種だったケンビアとの関係も改善しつつあるしな」

「それは良かった……」

「俺的にはあんまり良くないんだよなぁ。ケンビアのアミア姫と婚約の話が今進んでるんだよ。俺はまだ独り身を謳歌《おうか》したいのに」

「諦めろ、王族には自由な恋愛なんてないんだから」

「それは実感してる、メニアの婚約破棄《はき》騒動があったからな……。アイツも恋人が出来たらいいんだけど暫《しばら》くは無理だなぁ。仕事と結婚してるようなもんだし……」

ブツブツと言うヨークを見て、シュバルツは『なんだかんだいって心配してるんだな』と思った。

# 第224話　元勇者とガーザス、昔を思い出す

「アナンって、確かお前が勇者になる前に一時的に組んでいたやつも同じ姓じゃないか？」

村に戻ってきて俺は、ガーザスに話したらそんな返答をしてきた。

「あぁっ！　そうだったそうだった!!」

「ノエルが勇者になる前？」

サラの頭の上に『？』マークが浮かんでいる、ように見えた。

「あぁ、俺が駆け出しの冒険者の頃、それこそガーザスとパーティーを組んでいた頃に、一緒に組んでいたやつが、確かアナンっていう姓だった。名前は……憶えてないんだよなぁ」

「俺も名前はど忘れしてるな、でもかなり強かったのは覚えてる」

「一緒に戦った仲間なのに覚えてないの？」

アクアが呆《あき》れたように聞いてくる。

「その後の方が色々あったからなぁ……、ガーザスに言われて今思い出した」

「そういえばノエルとガーザスは古い付き合いなんだよな？」

「あぁ、まだ冒険者になりたてで年齢も近かったし馬があったんだよなぁ。まさか貴族だったとは思わなかったし」

「あの頃は反抗期まっただ中で冒険者として名を揚《あ》げようと必死になっていたからなぁ。でも、ノエルと出会ったおかげで冷静になれた。コイツは昔から強かったけど、やっぱり血筋が原因だったんだな」

ウンウンと頷《うなず》くガーザス。

「あぁ、あの頃のガーザスは、何にでも噛《か》みつくようなやつだったな」

「やめてくれ、あの頃のことを思い出すと心が痛む……」

アレは黒歴史みたいなもんだよな。

# 第225話　元勇者、ねぎらう



　遂に歴史書が完成した。

「リベル、上出来だ。ちゃんとわかりやすいし、不都合な部分もちゃんと書かれている。人族と魔族とのわだかまりも消えるかもしれないな」

　歴史書を読んで、俺はリベルをねぎらった。

「ありがとうございます！　これもノエルさんや聖王様のおかげです！」

「あくまで資料を渡しただけだから、私もそろそろ誤解を解く頃だと思っていたのよ」

　今日はミラージュも来ている。

「あ、そういえば俺のお袋の件だけど……、ミラージュは知っていたのか？」

「あぁ～……、うん。知ってたわ。聞かれる機会もなかったから言わなかったのよ。彼女、クイントは歴代の聖女の中でもトップクラスに入るぐらいの実力だったわ」

　お袋、そんなに凄《すご》かったのか……。

「死後天界にスカウトされて『神化しないか？』て言われたぐらいだから」

「ある程度の功績を残すと、天界にスカウトされるのよ。初代勇者も功績を讃《たた》えられて、神化したのよ」

「マジかっ⁉」

「ミラージュだって似たようなもんだろ？」

そう言うと、ミラージュは首を横に振った。

「私は既に人の輪廻《りんね》から逸脱しちゃったから神になるのは無理。この世界にずっと留まるだけ。ノエルももしかしたら死後天界にスカウトされるかもしれないわね」

「俺が？　いや俺は神っていう器《うつわ》じゃないからな」

「先代勇者も似たようなこと言ってたわ。『そんなつもりはなかったんだけどなぁ……』って頭を抱えていたわよ」

「ん？　今でも先代勇者と交流があるのか？」

「一応ね、たまに現世に出てくるからね」

マジか……。

歴史書が、世に出てすぐに話題になった。

今までの見解とは一八〇度違う内容に、世間はビックリしていたし混乱もあったが、すぐに落ち着いた。

あくまで世間は受け入れたが、学者陣はやはり騒いだ。

そりゃあ当たり前だが、各国の王族がこの歴史書を公式見解と認めたことで、収まらざるを得なかった。

中には最後まで騒ぎ立てたやつらもいたが、国はそういうやつらを容赦《ようしゃ》なく切り捨てた。

どうも、かなり評判が悪かったみたいだ。

世の中の変化についていけないやつらは置いていかれる、厳しいが世の中とはそんなものなのだ。

# 第226話 元勇者、前魔王の近況を知る

俺達がサザラスと会って数日後、アリスが訪ねてきた。

「障気《しょうき》が収まってきたのか」

「うむ！　これで人族の受け入れも可能となる！」

頭を悩ませていたことが解決できたみたいで、アリスはいつになく笑顔だ。

「ということは前魔王が目を覚ましたのか？」

「うん、それなんだけど……、今は我が家でメイドとして働いてもらっているんだが、父上の記憶も多少残っているみたいなんだ」

「まさかトラブルがあるのか？」

「いや、その逆。私の顔を見るなり『すいませんすいませんっ!!』って涙目で土下座《どげざ》してきた。姿形はか弱い女性にはなったんだが、娘としては凄く複雑で……」

「それは……」

「今日だって本当は連れてこようと思ったんだが、本人が『ゆ、勇者様にあんなことを言って私には合わせる顔がありませんっ!!』って言って、ガタガタ震えながら涙目で拒否してきた」

「ん〜、それって前の性格と真逆になってるんじゃないかな？　生まれ変わりの時にあるんだよ。前世で権力を持って悪事をやっていた人は、来世では庶民《しょみん》になって何をやっても報われないって。女神様から『世界のバランスを保つ為』って聞いたことがあるよ」

アクアが言ったことに合点《がてん》がいった。

「しかし、あそこまでネガティヴだとこの世は生きづらいと思うが……」

サラが不安そうな顔をしている。

「しっかりと監視はいるから大丈夫。決して一人にはさせないし私も声をかけているから」

そう言うアリスの顔は、なぜか晴れやかだった。

「なんでアリスは晴れやかな笑顔をしてるんだ？」

「多分、形はどうあれ親と一緒に生活できるのが嬉しいんじゃないかな？」

あぁ〜、そういうことか。

# 第227話 元勇者、他国の現状を知る

「移民が増えてる？」

シュバルツからそんな話を聞いた
「あぁ、我が国だけでなくレバニアやその他諸国にも増えているらしい」

「なんでまたそんなことになってるんだ？　まさか魔獣が増えてきたとか」

「いや、どうもそれより質《たち》が悪い話みたいだ」

シュバルツが呆《あき》れた顔をする。

「私の友人から聞いた話なんだが、『マルグス』という国の内政の悪化が原因らしい。なんでも第二王子と第三王子の間で後継者争いが勃発《ぼっぱつ》しているそうだ」

「ちょっと待て。第二第三がいるんだったら、第一王子がいるだろ？」

「その第一王子が私と知り合いなんだが……、シュヴィアに亡命してきたんだよ」

「王子が？　なんでまた？」

「婚約者に浮気されていたらしい。しかも相手は第二王子。結婚式直前に自分の婚約者と第二

EX-BRAVE WANTS A QUIET LIFE

王子が逢《あ》い引《び》きしていたのを目撃したらしい」

「そりゃあなんとも……」

「それで全てがどうでもよくなって私を頼ってきたんだ」

うん、かなりのショックだろうな。

「でも結婚式直前の逃亡だろ？　マルグスは混乱しただろうな」

「ところがマルグス王は強《したた》かな人で結婚式は第一王子を第二王子に変えて決行された。それに納得がいかなかったのが第三王子。第三王子は第一王子を慕《した》っていたから第二王子と第一王子の元婚約者の裏切りが許せなかった。推し進めようとするマルグス王も許せない。それで反乱を起こして現在に至る」

「シュヴィア的には大丈夫なのか？」

「あまり他国に干渉しても良いことはありませんからね……」

# 幕間27 サーニャ

「はぁ～……」

「どうした？　浮かない顔して」

サーニャがため息をついていたので聞いてみた。

「いえ……、お見合いの話が山のように来てまして、私もお父様も対応に困っているんです」

「そんなに来てるのか？」

「はい、でも今はレバニア国の立て直しの方が先ですから……」

「そんな気はない、か。まだカインのことを引きずっているんじゃないか？」

「いえ、『アレ』で気が済みましたからスッキリしました」

アレというのはカインをぶん殴《なぐ》ったことだ。

「何かいつの間にか広まっているよなぁ」

密室での出来事だったんだが、カインが伸びていることや室外までに聞こえた音とかがあり、兵士とかメイドが広めていったみたいだ。

「それだったらお見合いの話なんて来ないはずなんですけど、正直男性に手を上げる女性なんてもらう人はいないと思うんですが」

「逆にぶん殴ったことで好印象を得たんじゃないか？　王族をぶん殴ることなんて誰も出来ないことなんだから」

それを提案したのは俺なんだけどな。

「この時期に近づいてくるのは下心があるだろうから気を付けろよ」

「今はその気はありませんから大丈夫ですよ」

## 第228話

# 元勇者、領主の仕事をする

先日、シュバルツと話していたからだろうか、マルグスからの移住者がハノイ領にもやって来た。

勿論《もちろん》、身元が分からない人物を住まわせるわけにはいかないので、簡単な面談を行う。

「領主のノエルです。基本的にはうちは移住者は歓迎しますが、簡単な面談を行わせてもらいます」

そう言って、一人ずつ面談を行う。

平民から貴族、独身から家族持ちまで様々だ。

「そんなにマルグスは大変なことになってるんですか？」

「ええ、最初はすぐに収まると思っていたんですが……、第二王子も第三王子も戦力が同じくらいなので勝ったり負けたりの繰り返し、それに関連して税金がだんだんと高くなっていって」

「悪循環だな、そりゃあ……」

話を聞くと、状況は悪化しているみたいだ。

「私達も祖国を捨てたくはないんですが……」

そりゃあ好きで捨てたくはないよな。

妥協点《だきょうてん》があればいいんだが、やっぱり第一王子が肝心《かんじん》だな。

「まぁ、俺がとやかく言うことではないけれども、やっぱり平和がいちばんだしな……」

シュバルツにお願いして、マルグスの第一王子に会わせてもらうことにした。

# 第229話 元勇者、マルグスの第一王子に会う

シュバルツに頼み、マルグスの第一王子に会う機会を作ってもらった。

「はじめまして、ネイアス・マルグスと申します」

「ノエル・ビーガーだ、よろしく」

ネイアスは気の優しそうな少年だった。

「マルグスがとんでもない状態になってるのは知ってるか？」

「ええ、引き金を引いてしまったのは僕ですから……。そもそも『長男だから』って跡継ぎにされたのが間違っていたんです。僕は王族としては至って平凡で、コレといって取り柄もありませんから」

そんなに自分を下に見なくても良いと思うんだけどなぁ……。

「マルグス王は所謂《いわゆる》ワンマンで自分のいうことが聞けないのであれば、子供でも容赦《ようしゃ》なく切り捨てるタイプの人間ですから……。ネイアスもかなり苦労してるんですよ」

「はい……、しかも弟達は優秀ですからね。はっきり言うと肩身が狭かったですよ、勉強のた

めにシュヴィアに留学に来た時は、つかの間の自由を手に入れたみたいで嬉しかったですよ。その時だけですね、父に感謝したのは」

　その後、留学から帰国したネイアスは結婚の準備をしていたのだが、その直前に浮気が発覚した。

「その瞬間、もうどうでもよくなりました……。おまけに僕のことを毒殺しようとしていたみたいですから……」

　そりゃあ、嫌にもなるよなぁ……。

「今はシュヴィア国の近くにある喫茶店の手伝いをさせてもらいながら、将来は自分の店を持てるように頑張っています」

「一国の王子が喫茶店で働いているのか？」

「ええ、店長さんが凄《すご》いいい人なんですよ。確かユウスケ・アナンっていう……」

「ユウスケっ⁉」

　思わぬ名前が出て、俺は驚きの声を上げた。

# 第230話 元勇者、旧友と再会する

ネイアスから話を聞いた翌日、俺はシュヴィアの王都に来ていた。

「確かこのあたりだったよな……。しかしこの辺りはよく来ていたのに、喫茶店なんてあったか……？」

俺はネイアスから地図をもらい、ユウスケがやっている喫茶店を目指して歩いていた。

「この道を右に曲がって……、裏通りじゃないか」

そういえば、ユウスケは目立つのが苦手だったなと思いながら、俺は裏通りを歩いて漸《ようや》く目的地の喫茶店にやってきた。

喫茶店の名前は『ハーブ亭』というらしい。

少し緊張しつつも、俺は店のドアを開ける。

「いらっしゃいませ～」

のんびりした声で、奥にいた気のよさそうな青年が挨拶《あいさつ》した。

「ユウスケ、久しぶりだな……」

「へっ⁉……アァッ⁉　ノエルさんっ⁉」

ユウスケも俺のことに気づいて驚きの声を上げた。

「ノエルさん、お久しぶりですっ！　なんで、ここがわかったんですかっ⁉」

「ネイアスから聞いたんだよ。しかしこんな近くで店をやっているとは思わなかったよ」

ユウスケと俺は再会の握手をして喜び合った。


その後、俺達はお互いのことを語り合った。

ユウスケは元々『ワ国』という東の果てにある島国の出身らしいが、世界を知るためにこの大陸に渡ってきた。

その際にドSな友人から『どうせだったらドラゴンの一匹や二匹は倒せるぐらい強くならんとな』の一言で地獄のような特訓を受けたらしい。

……一体どんな日々を過ごしてたのか想像つかない。

実際、ユウスケは強かった。多分パーティーの中では一番強かったかもしれない。

「そういえば、昔から自分の店をやりたい、って言っていたもんな」

「ええ、一年前にこのお店をオープンしたんです」

「なんで、こんな人通りが少ないところに店を出したんだ？」

「家賃とか色々な事情があるんですけど、『知る人ぞ知る』みたいな店をやりたかったんです」

「やっぱり変わってないな、地位とか名誉とか関係ないもんな」

俺達は時間を忘れて、語り合った。

# 第231話 元勇者、ユウスケを迎える

「ユウスケと会ったのかっ!?」

「あぁ、元気そうで何よりだったよ」

俺はガーザスに、ユウスケに会ったことを報告した。

「懐かしいな……、最後に会ったのはパーティーを解散する時の飲み会だったよな。確か俺達が当時借りていた家で……」

「あぁ、ユウスケが手料理を振る舞ってくれたんだよな」

「へぇ～、そのユウスケっていう人、料理が上手《うま》いんだ」

アクアが興味深そうに聞いてきた。

「あぁ、いくつか俺も教えてもらった」

なんでも『母親が家になかなか帰ってこなくて自然に覚えた』って言ってたな、あと友人の無茶ぶりもあったみたいだ。

「今度村にも来るって言っていたから、近いうちに会えると思う」

「アイツの手料理も久しぶりに食べたいな」

「そういえば、前に言っていた先祖のことは聞いたの？」

「あ……、聞くの忘れた」

再会が嬉しかったから、つい昔話に花を咲かせて、聞くのを忘れてた……。

まぁ、次会う時に話を聞こう。


それから数日後、ユウスケが村にやって来た。

「ユウスケっ！　久しぶりだなっ！」

「ガーザスさん、苦しい苦しい……。お、お久しぶりです」

ガーザスはユウスケの首に手を回し、ユウスケは苦しそうな顔をしている。

「あれからなんにも音沙汰《おとさた》がなかったから心配してたんだぞ」

「連絡する方法がなかったんですよ」

二人のやり取りを見て、昔と変わらないなぁと思った。

# 第232話 元勇者、ユウスケの家の事情を聞く

俺はユウスケに村を案内した。

「空気が美味《おい》いし自然もあって最高の環境ですね。僕の故郷を思い出します」

「ユウスケの故郷って、ワ国だったよな？」

「東にある小さな島国ですよ」

「あぁ、そういえば聞きたいことがあったんだ。ユウスケはアリアっていう名前に聞き覚えはないか？」

「アリア？　僕の母方のお婆《ばあ》ちゃんですけど」

ビンゴだったか……。

俺はユウスケに先祖の話をした。

「マジですか……、だとしたら僕とノエルさんは遠い親戚《しんせき》になりますね」

「そういうことになるな、ユウスケはアリアのことは知っているのか？」

「勿論《もちろん》ですよ、アナン家でも伝説の人ですから……」

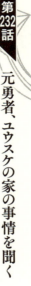

伝説の人？

「僕の実家であるアナン家って、ワ国の中でもかなり特殊な家なんです」

「特殊？」

「はい、先祖代々国の防衛『防人《さきもり》』の役割をしていて、ハッキリいうと異常なくらい強いんです」

ユウスケ曰《いわ》く防人の一族はアナン家を含めて四つ存在しており、それも何処《どこ》もかなり強いらしい。

「アナン家は主に『呪術』『暗殺』を得意としている一族で、アリアはその中でもトップクラスの呪術師でもあり暗殺者なんです。なんですが……」

「何か問題でもあるのか？」

「自由奔放《ほんぽう》な人で『一つの世界の常識に縛《しば》られたくない』ってワ国を飛び出して、世界中を旅して回ったんです。多分、その最中でこの国に来たんでしょうね」

そう言って、苦笑いするユウスケ。

「はぁ～、かなり強烈な人みたいだな」

「ええ、いまだに現役ですから」

……は？

「……ちょっと待て。現役って？」

「あぁ、あまりにも強すぎて人の限界を超えちゃったみたいで……、所謂《いわゆる》『不老不死』なんです」

「はあああぁぁぁあっっっっ⁉」

# 第233話　元勇者、昔の話に花を咲かす

「不老不死って!?」

「まぁ、そうなりますよね……、身内である僕でも、その事実を知った時は引きましたから」

ユウスケはそう言って苦笑いした。

「あの人だったら非常識なことを平気で出来ますよ。未だに成長中ですから」

マジか……、世界は広いな。

「でも、そう考えたらユウスケの強さもわかるな」

「ユウスケって強いの？」

アクアが聞いてきた。

「あぁ、かなり強い。俺と互角ぐらいだな」

「ノエルとっ!?」

サラが驚きの声をあげた。

「あぁ、確かに。あの頃の同期の冒険者の中では強い方に入るな。初めてドラゴンの討伐《とうばつ》の依

頼を受けた時、トドメで一刀両断にしたからな」

「いや、アレはノエルさん達が弱らせてくれたから」

「でも、あんなにキレイにバッサリと斬《き》ったのは見事だったよ。おかげで報酬《ほうしゅう》も上乗せしてくれたからな。そういえば、ユウスケって彼女はいるのか？」

「彼女というか……、店を手伝ってくれている子はいますよ。ノエルさん達も知ってる人だよ」

俺達が知ってる？

過去の記憶を思い起こし、ある少女の顔が浮かんだ。

「もしかしてミナか？」

「えっ⁉　ミナって確か、とある国の騎士団で団長をやっていたっ⁉」

ユウスケは照れながら頷《うなず》いた。

ミナ・カーウェイ、若干《じゃっかん》十代でありながら、ある国で騎士団の団長を務めている人物だ。

俺達とはその国で起こったある出来事で出会い、共闘することになったのだ。

# 幕間28　ノエルが勇者になる前

俺がまだ勇者になる前、ガーザスとユウスケと一緒にパーティーを組んでいた頃の話だ。

俺達はレバニアのギルドにて、気ままな冒険者ライフを満喫《まんきつ》していた。

「う〜ん、コレといった目ぼしい依頼がないな……」

「そうかな？　魔物退治とかあるでしょ？」

「そういう気分じゃないんだよなぁ」

「気分の問題っ!?」

ガーザスの発言にユウスケが突っ込む。

これが俺達のいつものやり取りであり光景だ。

「魔物退治はこの間やって、金銭的には余裕があるから普段は受けないようなことをやりたいんだよ」

「普段は受けないこと、かぁ……」

「それだったらコレなんか良いんじゃないか？」

俺達の前に一枚の紙が差し出された。

「マスターっ!?」

「お前ら、暇だろ？　世のため人のために役立つことでもやってみたらどうだ？　ついさっき受注があったばっかりほやほやの依頼だ」

紙を差し出してきたのはギルドマスターだった。

「う～ん、でもマスターの推薦《すいせん》した依頼ってろくなものがないんだよなぁ」

「ユウスケ、まだ引きずってんのか？　向こうさんの都合なんだから仕方がないだろ」

「アレは一生引きずりますよ……」

ユウスケが恨みが籠《こ》もった目でマスターを睨《にら》む。

前にマスター推薦の依頼で悪徳貴族の逮捕の手伝いをしたんだが、ソイツが娼館《しょうかん》の常連で俺達も潜入する為に女装することになったんだが……、
ユウスケがかなり似合っていて娼館の館長からスカウトされていたんだよなぁ。

結果としては捕まって依頼は達成されたんだが、ユウスケにはトラウマが出来たみたいだ。

「今回はそんなことはない。とある貴族の令嬢から盗賊《とうぞく》退治の手伝いをしてくれ、という依頼だ」

「盗賊退治か、しかし貴族令嬢からの依頼って珍しいな。依頼者は……、あぁ～」

「どうした？　ガーザス」

「いや、依頼者のミナ・カーウェイって確か伯爵令嬢なんだけど、女だてらに騎士団の団長を務めている人物だ」

「流石《さすが》は貴族だな、そういう情報は入ってくるんだな」

「貴族といっても、端《はし》くれだけどな。この依頼受けてみるか」

「今回は変なことはされそうもないし……、受けてみよう」

「そうだな、悪党退治なんてなかなか面白そうじゃないか」

こうして俺達は依頼を受けることにした。

# 幕間29 ノエルが勇者になる前2

依頼を受けた翌日、俺達はカーウェイ領へとやって来た。

「貴族の屋敷って初めて来たけど緊張するね……」

「ユウスケは初めてだったよな、まぁそんなに緊張することはないぞ」

「ガーザスは貴族だからだろ、俺だって初めてだぞ」

俺達みたいな冒険者が貴族に呼ばれるなんて滅多《めった》にないことだからな。

領地に入って暫《しばら》く行くと屋敷が見えてきた。

「うわ、やっぱり大きい……、あ、前に誰か立ってるよ？」

「女性みたいだが、あの子がミナか？」

「ん～……、あぁそうだな。顔は見たことあるから」

屋敷の入り口の前に、甲冑《かっちゅう》に身を包んだ金髪ポニーテールの少女が立っていた。

「貴殿方がギルドから派遣された冒険者ですか？」

「あぁ、そうだ。俺はノエルという、こっちはガーザス、そっちはユウスケだ」

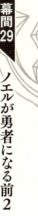

「はじめまして、ミナ・カーウェイといいます。依頼を受けて頂きありがとうございます」

そう言って、ミナは頭を下げた。

貴族ってもっと偉そうな感じがしたんだが、ミナはそんな感じはしない。

「早速ですが、詳細を説明したいので中にどうぞ」

ミナの案内で、俺は屋敷に入り応接間へと通された。

「盗賊退治と聞いたんだが……」

「はい、この辺りを荒らしている、ガボックという男がボスをしている盗賊団の討伐《とうばつ》に、協力して頂きたいのです」

「あの、他の騎士団の皆さんは？」

ユウスケが手をあげて質問する。

「……訳あって騎士団ではなく私個人としての行動なんです」

「そりゃどういう意味だ？」

「これまでガボック盗賊団を討伐する機会は何回かありましたが、何故かアジトに行ってももぬけの殻《から》になっていたんです。疑いたくはないんですが……」

「騎士団の中に内通者がいる、ということか」

ミナは頷《うなず》いた。

「だから騎士団には内緒か、納得した」

「で、盗賊団が出そうな場所に心当たりはあるのか？」

「はい、領内に岩山があるんですが、領民から、最近そこから松明《たいまつ》を持った男達が出たり入ったりするのを見た、と報告がありました」

「ふむ、そこが怪しいな……」

「今日の夜にでも決行したいと思っています」

「わかった、できる限り早い方が良いよな」

今夜、盗賊団のアジトらしきところを襲撃することにした。

# 幕間30　ノエルが勇者になる前3



その日の夜、俺達は岩山へとやって来た。

「彼処《あそこ》が盗賊団のアジトらしき洞穴《ほらあな》なんですが……」

「こう暗いとわからんなぁ、普通は見張りとかいるはずなんだが」

「ユウスケ、できるか？」

「これぐらいの距離ならなんとか……、やってみるよ」

そう言って、ユウスケは目を瞑《つむ》った。

「何をしているんです？」

「今、『透視』をしてもらっている」

ユウスケのジョブは『シノビ』というワ国にしかない特別職で特殊なスキルを持っている。

その中の一つが透視術で、周辺の地形や何処《どこ》に人がいるかわかる。

「……わかった。確かにあの洞穴の奥に数人の武器を持った人がいる。それから入り口には罠《わな》が仕掛けられていて、いつでも逃げられるようになってる」

「そこまでわかるんですかっ!?」

俺達もユウスケのこの力を見た時は驚いたよ。

初めてダンジョンに挑んだ時に、ユウスケの導きで最先端のルートで攻略出来たんだよな。

「しかし罠が仕掛けてあるとなると、正面から突入するのは厳しいな……」

「あぁ、そこら辺は僕に任せて」

そう言うと、ユウスケは一瞬にして姿を消した。

「えっ!?　ユウスケさんは何処に?」

「もうあっちにいる」

俺が指差した先の洞穴の前で何かをやっているユウスケの姿があった。

「い、いつの間に……」

これもユウスケのスキルである『瞬間移動』だ。

そしてユウスケは親指を立てた。

「罠を解除出来たみたいだ、行くぞ」

俺達は洞穴へと突入した。

# 幕間31　ノエルが勇者になる前4

洞穴の中へと潜入した俺達を、ユウスケが待っていた。

既に縄で縛られ伸びている三人の盗賊《とうぞく》と共に。

「見回りがいたんで、ちょっと眠ってもらってる」

「流石《さすが》はユウスケだな、仕事が早い」

「因《ちな》みに入り口の罠を解除したのでアイツらは逃げられないよ」

「どうしてわかるんですか？」

「入り口の罠と連動していて逃げ口が開くようになっているみたい」

「それも透視で見えるんですか？」

「いや、コレはまた違う能力で『千里眼』っていうんだよ」

千里眼は物の仕組みとか構造だけじゃなく人の心とかも読めるらしい。

……ユウスケを敵に回さなくてよかったよ。

「じゃあ奴らは袋のネズミってわけだな？」

「そういうこと」

「よっしゃ！　派手に暴れてやるかっ！」

ガーザスがニヤリと笑った。

俺達はそのまま洞穴の中を突き進み、中心部へとやって来た。

バンッ！　とおもいっきりミナが扉を開けた。

「レバニア騎士団第10部隊の者だっ！　ガボック盗賊団、お前達を捕縛《ほばく》するっ！」

「なぁっ⁉　なんで此処《ここ》がわかったっ⁉」

「っていうか罠が発動しなかったぞっ！」

「くそっ！　さっさと逃げるぞっ！　って逃げ口が開かないぞっ！」

盗賊団は慌てふためいている。

「大人しくしてろよ、でないと痛い目にあうぞ」

「くそっ！　やっちまえっ!!」

まぁそうなるよな。

「皆さん、加減はしなくて構いません」

俺達と盗賊団の戦闘が始まったが、結果からいえばものの数分で決着がついた。

向こうの方が人数は多かったが問題はなかった。

俺達はあっという間に盗賊団の捕縛に成功したのだった。

# 幕間32　ノエルが勇者になる前5

「皆さんのおかげで無事捕縛出来ました、ありがとうございます」

盗賊団全員縄で縛り、ミナは俺達に頭を下げた。

しかし、呆気《あつけ》なかったような気がするが……。

それに大人しすぎる。

もしかして捕まっても何かしらの策があるんじゃないか？

「そういえば、コイツらに情報を流していたやつも見つけないといけないよな」

「それはこれからゆっくりと時間をかけて尋問するつもりです」

そう言って、ニッコリ笑うミナ。

なんだろう、笑ってはいるけど怖いオーラを感じるんだが。

「あぁ～、その件だけど……」

「どうした？　ユウスケ」

「実は戦っている間にボスの心を読み取ったんだよね。で、裏切者が誰かはわかったんだけど、

「……ハウル・カーウェイって知っている？」

「えっ!? 私の兄ですが……まさか？」

ミナは呆然《ぼうぜん》としていた。

それよりもガボックが驚いたような顔をして、めちゃくちゃ汗を掻《か》いているのを見て、図星なんだな、と思った。

「……まさか実の兄が裏切っていたとはなぁ」

「その理由が妹への嫉妬《しっと》っていうんだから呆《あき》れちゃうよね」

「長男教じゃなくてよかったよ。しっかりと締められていたからな」

アレから数日が経過した。

俺達はギルドを通して報酬を貰い、更にマスターから後日談を聞いた。

盗賊団を捕縛後、騎士団に引き渡したその足でミナは騎士団の別の隊の隊長をやっているハウルを追及した結果、ハウルは盗賊団と繋《つな》がっていたことを自白した。

理由は、自分よりも剣の腕や魔力もあるミナに対する嫉妬とか、下手したら家を継がれるかもしれない、と焦りを感じて、盗賊団と密かに連絡を取った、とのこと。

万が一盗賊団が捕まったとしても逃がすつもりだったらしい。

この話を聞いたミナをはじめカーウェイ家は修羅場《しゅらば》になった。

これがこの事件の一部始終だ。

# 幕間33 ノエルが勇者になった後

僕ユウスケ・アナンはワ国からレバニアにやって来て、冒険者となって、ノエルやガーザス達と出会って、パーティーを組んだ。

でも、物事には終わりというのは必ずやって来る。

ノエルが勇者となったこと、ガーザスが家の都合で冒険者を廃業することが重なり、パーティーは解散となった。

パーティー解散後、僕はソロ冒険者となり活動を続けていた。

僕には『自分の店を持つ』という目的がある為、冒険者をやめるわけにはいかなかったのだ。

そんなある日、思わぬ再会をすることになった。

「ユウスケ、暇か？」

「なんですか？　マスター」

依頼を終え、帰るところをマスターに呼び止められた。

「実はな、新人を一人サポートしてもらいたいと思ってな」

まぁ、入ったばかりの冒険者が、ベテランパーティーに入って色々覚えていくのは、変わったことではない。

中には何も知らない新人をターゲットに嫌がらせをする冒険者もいるけど、少なくともこのギルドにはいない。

マスターやギルド職員が、そこは厳しく管理しているので心配はない。

「別にかまいませんけど」

「そうか、おいっ！　新人、コイツがお前さんの指導役だ」

マスターに呼ばれてやってきた人物を見て、僕はビックリした。

「えっ⁉　ミナさんっ⁉」

「ユウスケさんっ⁉」

あの盗賊団の件以来の再会だった。

マスターはニヤニヤしていたから、確信犯ではないかと思う。

「な、なんで君がっ⁉　騎士団に所属してたんじゃ……？」

「実は……、騎士団はやめました。ついでに我が家も潰れてしまいました」

「ええっ⁉」


「新人、ですか？」

## 幕間34 ノエルが勇者になった後2

とりあえずミナの話を聞く為にギルド内の酒場に移動した。

「それで……、家が没落したってどういうこと？　もしかしてあの盗賊団の件で？」

「いえ、あの件に関しては団長からお褒めの言葉も頂きましたし、兄を勘当《かんどう》して事実上、我が家と絶縁しましたから問題はなかったんです」

「それじゃあなんで……？」

「最近、勇者パーティーが魔王討伐《とうばつ》の為に旅立たれたじゃないですか」

僕はコクリと頷《うなず》いた。

「国は魔王討伐に莫大《ばくだい》な資金をかけているんです。その分、貴族に与えられる資金を減額されたんです。我が家みたいな貧乏貴族にとっては死活問題なんです。そもそも私が騎士団に入隊したのは実家を支援する為だったので……」

そんな事情があったなんて……。

「合わせて騎士団のお給料も減ってしまいました。自然と仕送りも出来なくなり、家族と相談して爵位を返還することに決めたんです。それと同時に騎士団もやめました」

「それで冒険者になった、と……」

「ええ、冒険者の方が収入が良いと話を聞いたものですから」

「そっか……、ノエルが聞いたら謝るんじゃないかな」

「え？　なんでですか？　そういえばノエルさんとガーザスさんの姿が見当たらないんですが」

「実はパーティーは解散してね、ガーザスは実家に戻って家を継ぐことになって、ノエルは勇者になったんだ」

「えっ⁉　勇者ってノエルさんなんですかっ⁉　勇者の素性《すじょう》は一切極秘なので……」

「このギルド内では有名な話だよ、そんなわけで僕だけ冒険者を続けているんだよ」

「そうだったんですか」

　僕とミナはこうして一時的にパーティーを組むことになった。

## 幕間35　ノエルが勇者になった後3

それから暫《しばら》く、僕はミナにギルドの仕組みとかモンスターとの戦い方とかダンジョンの攻略法とかを教えた。

元騎士であるミナは覚えが早くて、あっという間に教えることがなくなっていった。

「じゃあ今日はここまでね」

「ありがとうございました」

依頼を終えて、ミナと別れて自宅へと帰る。

途中で食料品店でおかずを買って、家に帰ってきた。

「……ん？　誰かいる？」

家から気配を感じて、懐《ふところ》から小刀を取り出す。

音を立てずに、僕は玄関を開けた。

そろりそろりと歩き、明かりをつけた。

「誰だっ!!　……って、ええっ!?」

「おぅ、久しぶりだな、ユウスケ」

「コ、コウさんっ!?」

明かりをつけて、僕は驚いた。

目の前で何故か寛《くつろ》いでいる人物は、ワ国の幼なじみ『コウ・ソウマ』だった。

「な、なんで……」

「なんでってそりゃあお前に会いに来たからに決まってるだろ?」

「いやいやいやっ!? 自宅教えてませんよねっ!? 手紙も出してないし」

「そんなもん調べりゃすぐわかる。それにこっちに知り合いがいるからな」

どんだけ顔が広いんだろ……。

数分後、なんとか落ち着きを取り戻してコウさんと話をした。

「お前の実家から様子を見てこい、と言われてな。ついでに旅でもしよう、と思ってな」

「相変わらず自由ですね……」

「それが俺だからな」

コウさんのソウマ家は、ワ国では僕の実家であるアナン家と同じワ国を守護する『四名家』の一つ。

アナン家は主にシノビの力でワ国を守護するのに対し、ソウマ家は『力』で守護する。

なかなか難しいんだけど、ワ国でソウマ家にケンカを売る奴はいない。

何せコウさんを含めて全員戦闘狂の一族なんだよね。
プラスコウさんは、僕が旅に出る前に修業を強制的につけた人物。
ぶっちゃけトラウマを植えつけられました。
コウさんの被害にあった人物は数知らず……。
うん、よく生きてたよ。

# 幕間36 ノエルが勇者になった後4

「それにしてもお前にも彼女ができるとはなぁ、アナンの婆《ばあ》さんに教えたら喜ぶぞ」

「ぶふっ!? ミ、ミナはまだ彼女とかそういう関係じゃなくてっ……」

いきなりニヤニヤしながらコウさんに言われたので、思わず飲んでいたお茶を噴き出してしまった。

「なんだ？ それじゃあ今後進展があるっていうことか？」

……あぁ、コウさんってこういう人だったなぁ。

「まぁ、お前が鈍感じゃなくてよかったよ。他の奴らは全《まった》く気づかないからな」

「……彼ら、全然ですか」

「そのせいで毎回酷《ひど》い目にあっているのにどうして気づかないんだか」

コウさんが呆《あき》れてため息をついた。

コウさんの他にも幼なじみがいるんだけど、揃いも揃って女心に気づかない、というか……、
幼なじみの女の子からのアプローチを見事にスルーしてるんだよね。

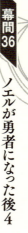

そのせいで女の子からぶっ飛ばされているのに理由に気づかない、という。毎回愚痴《ぐち》られて苦笑いするしかなかったよ。

「そういうコウさんはどうなんですか？　例の彼女とは？」

「……あの戦闘狂、国内だけに飽きたらず国外に出ようとしたから押さえつけてる」

「あぁ～……」

コウさんの彼女は頭のネジが壊れているのか暴れるのが大好きな人。

周りからは『破壊神』、『冥王《めいおう》』、『トラウマメーカー』と呼ばれている人物。

押さえつけられるのはコウさんだけだ。

「まぁ、お前が元気にやってるなら安心だ。あぁ、ついでに調べてたんだが、お前の知り合い、ノエルだったか？　今、勇者として旅をしてるらしいが胡散臭《うさんくさ》い話を聞いたぞ」

「ノエルさんに関してですか？」

「直接ではないが、この国の王族は勇者を利用しようとしてるみたいだ。あの勇者の仲間も王族の手先みたいだ」

「マジですか……」

「まぁ、この国の王族はクソだ、ということだ。お前も気を付けろよ」

# 幕間37 ノエルが勇者になった後5

「つ、疲れた……」

「ユウスケさん、どうかしましたか？　凄《すご》く疲れたような顔してますよ？」

「昨夜、旧友がいきなり現れてねぇ……」

「大丈夫ですか？　今日の依頼はやめておいた方が」

「いや、大丈夫だよ。そろそろミナも昇格できるかもしれない大事な時期だからね」

コウさんと会った翌日、いつものように僕はミナとギルドで合流した。

現在ミナは見習いのFランクだけど、次の依頼を達成すればEランクに昇格する。

Eランクになれば見習いは卒業、行動範囲が拡大する。

「それじゃあ今日は卒業試験ということで、一人で依頼を受けてみようか」

「わかりました」

そう言って、ミナは掲示板へと向かった。

「おぅ、あのミナっていう子、なかなか頑張ってるじゃないか」

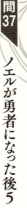

声をかけてきたのはギルドマスターだ。

「はい、僕なんか直ぐに追い抜かれますよ」

「ははっ、お前を追い抜けるんだったらドラゴンを瞬殺できるな。ところで『例の件』だけどなぁ、やっぱりレバニアでは厳しいな」

「やっぱりですか……」

『例の件』とは、僕の夢である自分の喫茶店を持つことだ。

出来ればレバニアで店を出したくて、マスターに物価とか調べてもらっている。

「レバニアは新参者を歓迎しないし、それに物価も高いからな、これも魔王討伐《とうばつ》に金をかけてるのが原因みたいだな。だから商人の間で噂《うわさ》になっているシュヴィアの方が良いらしい」

「シュヴィアかぁ……、実は気にはなっているんですよね」

「どうだ？　シュヴィアに行ってみたらどうだ？　向こうのギルドマスターに紹介状書いてやるぞ」

「そうですね、一回行ってみますよ」

「その方が良い、ユウスケはレバニアで埋まらせておくには勿体《もったい》ないからな」

僕はシュヴィア国に行ってみることにした。

# 幕間38
# ノエルが勇者になった後6

後日、僕はEランクに昇格したミナと一緒に、シュヴィア国へとやって来た。

「レバニアよりも雰囲気《ふんいき》が良いですね」

「確かに、どんよりとした空気がないね。活気を感じるよ」

僕達の第一印象は非常にいいものだった。

「じゃあ、早速ギルドに行こうか」

僕達はシュヴィアのギルドへと向かった。

受付に向かい、紹介状を出すと、既に話が通っていたみたいで応接間へと通された。

「やぁやぁ、シュヴィアのギルドへようこそ、ギルド長のシエンスといいます」

「ユウスケ・アナンといいます」

「話は聞いてますよ、なんでも勇者ノエルのかつてのパーティー仲間だったそうじゃないですか」

「えっ!?　知ってるんですかっ!?」

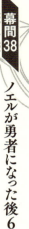

ってていうか、レバニアはノエルが勇者だと公表してないはずなんだけど、なんでこの人は知ってるんだろう。

「私も独自の情報網《もう》を持っていますからね……、それでお店を出したいそうですね」

「はい、すぐに、という話ではないんですが……」

「いいじゃないですか。将来のことを考えて行動する、素晴らしいことです。お店を出したいのであれば、商業ギルドへ登録することをオススメしますよ。商売のことだったらなんでもわかりますから」

やっぱりギルドの登録は必要なのか。

「ユウスケさんの場合は、冒険者としての実績は文句はありませんから特に審査なしで即登録できますよ」

「本当ですかっ!?　でも、冒険者登録は……」

「大丈夫です。ここは総合ギルドで冒険者、商業、農業、魔法その他全て統一されてますから」

そう言って、シエンスさんはにっこりと笑った。

……うーん、この人只者《ただもの》ではない匂《にお》いがプンプンする。

「それじゃあ……、商業ギルドに登録します」

こういうのは思いっきりが肝心《かんじん》だ、僕はその場でシュヴィアの商業ギルドへの登録を決めた。

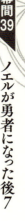

# 幕間39

# ノエルが勇者になった後7

活動の場をシュヴィアに移した僕は、依頼をこなしつつ物件を探していた。

理想としては路地裏にある大きくない店舗《てんぽ》、理由は別に金持ちになるつもりはないし、有名になるつもりは全《まった》くなく、知る人ぞ知るみたいなお店がほしいのだ。

「まぁそう簡単に見つかるわけはないんだけどね」

一人、路地を歩きながら呟《つぶや》いていた。

こういうのは不動産屋に相談するのが一番良いんだけど、こうして自分の足で歩いた方が見えることもある。

今歩いているところは、平民街で長屋がいくつも連なっている。

こういうところに喫茶店とかあったら一番良いんだけどね。

「……ってあったよ」

古ぼけた感じの所謂《いわゆる》『純喫茶』という感じの僕の理想とした店舗が目の前に現れた。

あったら良いなとは思っていたが、実際に見たらちょっと呆然《ぼうぜん》としてしまったけど、まだお店はやっているみたいだから中に入ってみた。

「いらっしゃい」

中にいたのは初老の男性だった。

「え〜と、コーヒーとタマゴサンドをください」

「かしこまりました、お兄さんは初めてかい？　あまり見ない顔だけど」

「はい、レバニアから引っ越して来ました。冒険者をやっています」

「へぇ、私も若い時は冒険者をやっていたんだよ。足を怪我《けが》してからは引退したんだがね」

「そうなんですか……」

店主は凄く喋《しゃべ》りやすい人だ。

喋りながらも手は動かしていて手際《てぎわ》が良い。

「はい、コーヒーとタマゴサンドね」

出されたのは分厚い卵焼きが挟んであるタマゴサンドとコーヒー。

「いただきます、……うん、美味《おい》しい！」

タマゴサンドもコーヒーも美味しい。

「嬉しいね、そういう風に言ってくれると」

「僕も料理をやるんでわかるんです」

「ふーん、それじゃあ将来は自分のお店を持ちたい、とか思ってるの？」

「はい、こういうお店をやりたい、と思っているんです」

「へぇ、若いのに珍しいね。大通りとか人が多いところの方が良いんじゃないの?」

「僕は目立つのが好きではないんで……」

「そうかい……」

店主はなんか考え込んでいるような顔をしていた。

# 幕間40　ノエルが勇者になった後8

あれから僕はそのお店に通うようになり、マスターと徐々にだけど仲良くなっていった。

たまにミナも連れていって『彼女さんかい？』と言われて、ミナは顔がボンッと真っ赤になった。

まぁ僕も顔が真っ赤になった、と思う。

そんな日々を過ごしていたある日のこと、いきなりマスターが告白してきた。

「実はな……、店をたたもうと思っているんだ」

「えぇっ!?　どうしてですかっ!?」

「俺ももう年でな、そろそろ隠居《いんきょ》を考えていたところなんだ」

「そうなんですか……」

僕はちょっと残念な気分だった。

「ただ、この店は信頼できる人に譲《ゆず》ろうと思っていたんだ、それでな……」

マスターは僕の目を見て言った。

「ユウスケ、お前だったら信頼できる。この店を貰《もら》ってくれないか?」

「はい?」

いや、確かに僕の理想としている、こんなお店で喫茶店をやりたい。とは思っていたけど、まさか現実になるとは……。

しかし、此処《ここ》で断るなんて選択はない。

「ユウスケ、店を経営していく中で一番大切なものは何かわかるかい?」

「一番大切なもの?」

「それはお客様との信頼関係だよ。たとえ美味しい料理があっても、お客様との関係を大事にしないと一回は来ても次は来ない」

「なるほど……」

「ユウスケは性格が良いしそんなに欲がない。欲のある人間はいずれは変わってしまう。私も冒険者をやっていた頃は色んな人達を見てきたから、信頼ができるかできないかはわかる。ユウスケは信頼できる人間だ」

「ありがとうございます。そこまで評価してくださるのは嬉しいです。喜んでこのお店を継がせてもらいます」

その後、正式にお店の名義をマスターから僕に変更して、お店は僕のものとなった。

# 第234話　元勇者、ユウスケを羨ましがる

「……ということなんです」

　俺達はユウスケの今までの話を聞いていた。

「それで、お店を改装して、名前も『ハーブ亭』にして始めたんです」

「ユウスケの料理の腕だったら、店も繁盛《はんじょう》してるだろ？」

「昔は野宿した時はユウスケが料理を作ってたもんな。ユウスケの料理が楽しみだったもんな」

　ガーザスがうんうんと頷《うなず》きながら言った。

「そうだったなぁ、特に魔物肉の煮込みとかスープとかは絶品だった」

「あと魚料理も上手《うま》いんだよな、刺身とか焼き魚とかも美味《うま》かった！　今でも舌が覚えている」

「そんなに料理が上手いのか、もうプロなんじゃないか？　師匠《ししょう》でもいるんじゃないか」

　サラの質問に、ユウスケは腕を組んで考えた後、

「さっき知り合いのコウさんの話をしたんですけど、あの人料理でも無茶ぶりしてくるので、対応していたら自然と上手くなっていきましたね」

「そのコウって何者なの？　話だけ聞くと、魔王とか瞬殺できそうなんだけど」

「できますね、本人は興味ないからやらないと思いますけど」

「っていうかワ国ってどんな国なんだよ……」

「僕の周りだけですよ、異常なのは……。ほとんどが普通の人ですからね」

「今は冒険者は完全にやってないのか？」

「そうですね、たまにギルドから応援に行ったり、ミナと食材探しをするぐらいですかね」

それ、俺が理想としている暮らしなんだけど？

ユウスケの顔を見ていると、充実している日々を過ごしているんだろうな、と思う。

「ミナも冒険者は続けているのか？」

「はい、今じゃAランク冒険者で、ギルドのエースですよ。それなのにお店の手伝いもしてくれるんですよ」

「へぇ、ユウスケの指導の賜物《たまもの》じゃないか」

# 第235話　元勇者、相談を受ける

ユウスケとはその後もいろんな話をした。

ユウスケもハノイ村を気に入ってくれたみたいで、『今度はミナも連れてくるよ』と言い、帰っていった。

「ユウスケも変わってなくてよかったよ、昔のまんまだったな」

「っていうか別れた時と見た目あんまり変わってないだろ？」

言われてみればそうだよなぁ、アイツが童顔というのもあるんだろうけど。

「なんか憧れますね、ああいう風に気兼ねなくなんでも言いあえる関係、というのは」

「シュバルツだって友人はいるだろ？」

「そりゃあいますけど……、やっぱり邪《よこしま》な思いはあると思いますよ。私が王族だから付き合っているんじゃないか、って考えることもありますよ」

「考えすぎだろ？」

「そうでもないですよ。私だって『王族なのに』『王女なのに』とか言われる時がありますか



EX-BRAVE WANTS A QUIET LIFE

ら」

リリアがそう言って、プクーと頬を膨《ふく》らませた。

貴族や王族にも悩みがあるんだなぁ……。

それから数日後、レイチェルがやって来た。

「お久しぶりです。ノエル様、リリア様」

「お茶会以来だな」

「あれはすごく楽しかったです。メニア様やアミア様は今料理にはまっているようですよ」

「へぇ～、そういえば最近コバルトとケンビアの関係も良好らしい、と聞いてます」

「はい、長年の仲違《なかたが》いが嘘のように交流が盛んに行われているようですよ。これもあのお茶会のおかげです」

「それで今日はなんの用で来たんだ？」

「実はですね……、ケイレル国内で今ちょっとした騒ぎが起こっていまして、相談に乗って頂きたいと思いまして」

「騒ぎ？」

「はい。我がケイレル国は魔法文化が発達していて、大抵の国民は魔力を持って生まれてくるのですが、たまに魔力を持たずに生まれてくる子もいるのです」

「そういうのって後々魔力がつくということもあるんじゃないか？」

「そういうケースもありますが、大抵は魔力なしとわかると『役立たず』と罵《ののし》られて、人生の負け組のような扱いを受けてしまいます。勿論《もちろん》魔力あるなしで人を判断するのはよくないことですし、法的にも禁止していますが、なくならないのが現状です」

どこの世界でも差別とかあるんだよな……。

「で、ここからが重要なんですが……、実は最近急に魔法が使えなくなる事案が発生して、ちょっとした騒ぎになっているんです」

「魔法が使えなくなる、なんてことがあるのか？」

「あるんです、私が正に今魔法を使えない状態でして……」

……え？

# 第236話 元勇者、原因を探る

「魔法が使えないって……、どうやってここまで来たんだ？」

「そこはミネルバに頼んで転移してもらったんです」

「トーリア国には影響はなかったのか？」

「今のところは……、でも時間の問題かもしれません」

「体調の方は大丈夫なの？　魔力と体力は繋《つな》がっていて、影響があるって聞いたことあるんだけど」

リリアが聞いてきた。

「私は魔力が元々少ないんです。だから影響はあまりないんですよ。それよりもお兄様達の方が大変で……、今王族でまともに動けるのは私だけなんです」

「レイチェルのお兄さん達ってエリートで、騎士団の団長をやったり魔法学園の理事とかやってるのよね？」

「はい、更にお父様の補佐役もやっているので本当に大変なんです」

「それで、俺のところに？　俺は魔法はそんなに詳しくないぞ」

「それは勿論わかっているんですが……、『勇者ならなんとかしてくれる』とお父様の強い希望で」

……人を便利屋だと思ってないか？

「魔法のことだったらアイナに聞けばわかるんだろうけど、あいにく外出中なんだよなぁ」

「う〜ん……」

アクアが腕を組んで、何やら考え込んでいるみたいだ。

「アクア、何か心当たりでもあるのか？」

「うん、もしかして『魔法神』に何かあったんじゃないかな？」

「魔法神？」

「この世界は神様が管理しているのは知っていると思うけど、私みたいに水の神、他に火の神、土の神、山の神とかいるんだけど、魔法にも管理している魔法神というのがいるの」

「魔法神って『エリンジャー』様のことですか？」

「様をつけるような奴じゃないんだけどね、アイツ無類の女好きだしヘタレだし……。とりあえず私のネットワークを使って調べてみるよ」

「アクア、よろしく頼む」

それから数日後……。

「理由わかったよ、やっぱりあのバカが原因だった」

馬鹿って……。

「アイツ、ある女神に振られたショックを引きずって、魔力を人類に送る装置の操作をミスったんだって、今寝込んでるみたい」

振られたショックって……、しかも寝込んでるってどれだけショック受けてるんだよ。

「じゃあどうするんだ？　立ち直るのを待て、ということか」

「それじゃあ時間がかかるから乗り込むしかないよね」

乗り込む？

「まさか……、神界に行くのか？」

「その通り♪」

# 第237話 元勇者、神界を行く

「いや、神界って人が入っちゃいけないところなんだろ？」

「そうですよ、アクア様は大丈夫だと思いますけど」

「大丈夫、確かに普通の人間は立ち入ることは出来ないけど、お兄ちゃんは勇者だし女神様の加護を持っているから入れるよ。普通の人でも入れる場所もあるし」

「でも、どうやって行くんだ？」

「聖国に入口があるから、そこから行けるはずだよ」

まずは聖国に行かないといけないのか、っていうか確か基本的に許可がない限りいけないはずなんだよな。

「聖国がどうかしたの？」

「うおっ!?　ミラージュっ!?」

ひょっこりと顔を出してきたミラージュに驚きの声を上げた。

「中から神界とか聖国とか名前が出てきたんだけど、何かあったの？」

俺達はレイチェルから聞いた話をミラージュに話した。

「なるほどねぇ、確かに神界への入り口は聖国内にあるよ」

「それじゃあ……」

「でも、あそこも常に開いてるわけじゃないの。行けるかどうかは期待は出来ないかも」

申し訳なさそうにミラージュは言う。

「でもね、聖国に行かなくても神界へ行けるルートはあるわ」

「へっ!? あるんですかっ!?」

「うん、しかもこのハノイ村内にあるわ」

「えっ!? そんな場所があるのかっ!?」

「うん、実はね、神界へ通じるスポットというところが大陸には何か所かあるんだけど、この村内にもあるのよ」

「知らなかった……」

「そりゃあ内緒にしてるからね、神界は特別な場所なんだから」

そして、行ける手筈《てはず》が整ったので、俺、アクア、リリア、レイチェルが神界へと向かうことにした。

「あのバカには一発お見舞いしないといけないからね〜」

……いつものアクアと違い、真っ黒いオーラが出ているのは見間違いだろうか?

# 第238話　元勇者、神界を行く2

EX-BRAVE WANTS A QUIET LIFE

ミラージュに連れられ、俺達は村外れの岩場にある洞穴《ほらあな》へとやって来た。

「此処《ここ》が神界へと続く道よ。人類で行くことができるのは片手で数えるくらいしかいないわ」

「別にケンカを売りに行くわけじゃないんだ、大丈夫だろ」

「中には人類を嫌悪している神もいるから気をつけてね」

アクアが真顔で忠告した。

思わずごくりと唾《つば》を飲んだ。

「まぁ、そんな神はそもそも表舞台には出てこないからね。じゃあ出発！」

アクアを先頭に俺達は洞穴の中へ入っていった。

どれくらい歩いたかはわからない、何せ真っ暗だから何も見えない。

「もうすぐだから、ほら光が見えてきたよ」

確かに歩く先に光が見えた。

俺達は光に向かって歩いた。

そして……、

「とうちゃーく、ようこそ神界へ♪」

そこは俺達の世界と似たような風景だった。

しかしどことなくだが神聖な空気が出ている。

王都のように町があり、宮殿みたいな建物が建っている。

「あの宮殿が女神様の住んでいるところ、彼処《あそこ》は私みたいな土地神は近寄れないのよ」

「神の世界でもランクがあるんですか？」

リリアの質問にアクアが答えた。

「勿論《もちろん》あるよ。女神様を頂点にして上級、中級、下級と分かれているの。因《ちな》みに私は中級女神よ」

「魔法神様のランクは？」

「私と同じ中級、私の方が若干《じゃっかん》上かな」

アクアってもしかして凄《すご》い神様なんじゃないか、と思った。

# あとがき

どうも、こうじです。

『元勇者は静かに暮らしたい3』、読んでいただきありがとうございます。

まさか3巻が出るとは思っていませんでした。

好評なんですかね？　僕は実感がないんですが。

今回の3巻は個人的に感慨《かんがい》深いものがあります。

というのは、今回から登場したユウスケというキャラは僕が『真・ゼルガーの部屋』というサイトで書いていた小説の主人公なんです。

その作品は所謂《いわゆる》2次創作作品だったんですが、気がついたらそのサイト内では人気がありました。

ですから鍋島《なべしま》テツヒロ先生のキャラデザインを見た時は感無量でした。

『なろう』に投稿し始めてからは、あまり更新はしていなくて中途半端になってしまったので『元勇者』に登場させようと思い、登場させました。

今後『なろう』の方にも、その小説のキャラの形を変えて登場させるつもりなので、お楽しみに。

最後になりましたが、この作品に関わった皆様方に感謝を申し上げます。

まだまだコロナが収束しない世の中ですが、この作品を読んで気晴らししていただければ幸いです。

こうじ

ダッシュエックス文庫

元勇者は静かに暮らしたい3

こうじ

2020年11月30日　第1刷発行

★定価はカバーに表示してあります

発行者　北畠輝幸
発行所　株式会社　集英社
〒101−8050　東京都千代田区一ツ橋2−5−10
03(3230)6229(編集)
03(3230)6393(販売／書店専用) 03(3230)6080(読者係)
印刷所　大日本印刷株式会社
編集協力　法貴仁敬(RCE)



ISBN978-4-08-631389-6 C0193